推奨：『GAME NOVELS ニーアオートマタ 長イ話』ノ読書

報告：作家ト監修者イガイニ頑張ッタ人。
本文・表紙表4イラスト：板鼻利幸。
カバー・帯・表紙・口絵・本文デザイン：井尻幸恵。

目次

NieR:Automata 長イ話

プロローグ

プロローグ

西暦五〇一二年。外宇宙から飛来したエイリアンが地球への侵略を開始した。彼らの繰り出す兵器「機械生命体」によって、人類文明は壊滅。遺されたモノ達は、月面へとその活路を求めた。

西暦五二〇四年。衛星軌道上に敷設された十二の基地より、アンドロイドを使った反攻作戦が開始される。同年だけで十数回に及ぶ大規模降下作戦が実施されたが、数で勝る機械生命体側に決定的な打撃を与えるには至らなかった。

以後、数千年に亘(わた)って戦況は膠着(こうちゃく)状態に陥る。それを打破すべく、対機械生命体の決戦兵器として、ヨルハ型アンドロイドの研究・開発が始まった。試作機による実験が重ねられ、ついに最初のヨルハ機体が製造されるに至った。時に西暦一一九三七年八月。新兵器開発が始まって、百年余りの歳月が流れていた。

西暦一一九四〇年十二月。十三番目の衛星軌道基地「バンカー」が運用開始。翌年十二月、新型実験機ヨルハ部隊十六機による「真珠湾降下作戦」決行。しかし、最終的に十五機を喪失。残る一機、アタッカー二号も逃亡。カアラ山地下の敵サーバールームの破壊に成功するも、全機未帰還となった。

西暦一一九四五年三月。ヨルハ部隊による「第243次降下作戦」決行。工場廃墟に存在する事が確認された超大型機械生命体を破壊するため、隊長機一号D型、二号B型、四号B型、七号E型、一一号B型、一二号H型の計六機が飛行ユニットで地上への降下を試みたが、作戦立案時の想定を上回る速度で機械生命体側が対応、大気圏突入直後に四機が大破、一機が行方不明となる。唯一の生存機体二号B型（以後2Bと呼称）のみが、現地で先行調査を実施していた九号S型（以後9Sと呼称）と合流し、作戦を続行。

2B、9Sの両名は、機械生命体の製造工場と化した工場廃墟を探索、超大型兵器を発見。当該兵器により、9Sは負傷。飛行ユニットの権限を委譲された2Bがこれを撃破。直後、同規模の兵器数体に包囲され、司令部への救援要請を断念し、ブラックボックス反応による自爆を決行、複数体の超大型兵器を殲滅した。

当該行為により、2B、9Sの義体と共に随行支援ユニット・ポッド042三機、153三機も消失した。

全機同時の破壊により、随行支援ユニット後継機の支給及びプログラムの書き換えが間に合わず、当面は一機のみでの運用となったが、作戦行動への少なからぬ悪影響が認められた。よって、今後は当該行為の際、ポッド・プログラムのアップロードを速やかに行うよう推奨する旨、留意点として記録しておく。

また、通信帯域の都合上、両名の自我データのバックアップが実行できず、２Ｂのデータのみがアップロードされた。９Ｓの自己犠牲的行為ではあるが、とある事情も相まって、２Ｂの精神状態に与えた影響が懸念された。これもまた要注意事項として留意すべきであろう。

　降下作戦での複数ヨルハ機体喪失のみならず、このところ、地上に派遣された隊員が消息を絶つという事案が少なからず発生している。故に、超大型兵器殲滅直後でありながら、２Ｂ・９Ｓ両名には再度、地上への降下が命じられた。

　現地のレジスタンスより情報提供を受け、彼らの駐屯地を拠点にして、敵の調査・破壊を行う。……というのが表向きの任務だが、２Ｂにはもうひとつ、任務が下される予定になっている。司令官直々（じきじき）の、極秘任務である。

　ただ、いつ、どこで、その任務を遂行するのか、現時点では未定。また、同行者である９Ｓに同案件は知らされない。

　そして、我々にもまた、公表されざる任務がある。やはり時期は未定であり、２Ｂ・９Ｓ両名には、否、如何（いか）なるアンドロイドに対しても、決して知らされる事は無い。

報告：ポッド０４２より１５３へ。内部ネットワークへの記録を終了。

推奨：通常任務への、速やかな復帰。

第一章

NieR:Automata 長イ話

2Bノ物語／起動

目的の相手は、少しばかり厄介で、大いに奇妙な場所にいた。

「おかしいなぁ。位置情報は合ってる筈……って、うわっ！」

砂に足を取られたのか、９Ｓ(ナインエス)が前のめりになった。気をつけて、と２Ｂ(トゥビー)は短く声をかける。

「この辺りはまだ、敵性反応が無いけど」

最近、砂漠地帯に凶暴な機械生命体が多数出没するようになったという。それを駆除するために、２Ｂと９Ｓは砂漠の駐屯地まで足を運んだ。砂漠を守っているレジスタンスから詳細情報を得た上で、本格的な駆除に乗り出す予定だった。

ところが、その情報提供者が見当たらない。場所はここで間違っていないはずだ。ついさっき、出会(くわ)した兵士は「この先の岩場で仲間が待ってる」と教えてくれた。

ごつごつした岩が砂地の至るところから顔を覗(のぞ)かせ、周囲は層を成した崖に囲まれている。どこからどう見ても、ここが「岩場」である。しかも、ここで行き止まりになっているから、「この先」はもうない。

「ポッド。マップデータをもう一度……」

随行支援ユニット、ポッド０４２に座標を再計算させようとしたとき、９Ｓが声を上げた。

「２Ｂ！　あそこ！」

9Sの人差し指が指し示していたのは、2Bの肩越し、仰角五十五度の位置。不規則にせり出している岩棚の上に人影がある。

「もしもーし！」

9Sが人影に向かって手を振る。が、返事はない。9Sの声が聞こえていないのだろうか？いや、声が届かないほどの距離ではない。手を振っているのも見えているはずだ。にも拘わらず返事をしないのは、何か理由があるのだろう。

たとえば、ヨルハ部隊が機械退治を請け負った、という話がまだ届いていなくて警戒しているのかもしれない。或いは、ものすごく機嫌が悪くて誰とも口をききたくない、とか。感情を持つことを禁止されているヨルハ隊員と違って、レジスタンスの兵士ならば、その可能性も十分にあるだろう。

「こっちから行ったほうが早い」

2Bは勢いをつけて岩に飛び乗った。えー、と不満の声を上げながらも、9Sが後に続く。下からでは性別まではよくわからなかったが、長いフードを被った女性兵士だった。

「私の名はジャッカス。よろしく」

予想外に愛想の良い声だった。こちらの呼びかけに答えてくれなかったのは、虫の居所が悪かったわけではないらしい。

「リーダーから話は聞いてるよ。砂漠の機械共を退治してくれるって？」

2Bはうなずいた。

「じゃあ、封鎖してる入り口を開けなきゃね」

その声はどこか楽しげだった。対照的に、９Sが怪訝そうな声でジャッカスに尋ねた。

「それより、なんだってこんな変な場所にいるんですか？」

「ああ、これ？　これはね……」

ジャッカスの口許に笑みが浮かぶ。直後、爆発音が辺りを震わせた。遅れて熱風が押し寄せてくる。濛々と上がる砂煙がおさまってくると、さっきまで行き止まりだと思っていた場所に細い道が見えた。あれが砂漠への「入り口」だ。

「巻き込まれたら危ないよね？」

ジャッカスの言う「開ける」は、「爆発で吹き飛ばす」の意味だった。

*

「乱暴な人ですねえ」

焦げ臭さの残る狭い道を歩きながら、９Sがため息交じりにつぶやいた。ジャッカスのやり方に驚かされはしたが、２Bは９Sが言うほど彼女が乱暴だとは思わなかった。爆破しなければ通れないというのは、裏を返せば、それだけ封鎖が厳重に為されているということだ。ジャッカスは自分の仕事をきっちりとこなしている。

「問題無い」

彼女が９Sの呼びかけを無視したのは、もしかしたら、爆破に巻き込まれない場所へ誘導するためかもしれない。実際、２Ｂ達は知らん顔をされたが故に、ジャッカスのいる場所まで移動したのだ。つまり、彼女は最低限の手間で目的を達成したことになる。もっとも、単に面白（おもしろ）がっていただけ、という可能性も無きにしも非ずだが。

「それに、敵の情報は入手した。彼女に会う目的は達成している」

最近、敵が多数出没しているのは、パイプライン周辺。現在は使用不能になっている古いパイプラインである。機械生命体達がなぜ、そんなものを好むのかは不明だが、こちらとしては歓迎だった。わかりやすい目印があれば、だだっ広い砂漠を闇雲に歩き回らずに済む。

砂漠地帯を訪れるのは初めてではない。故に、その厄介さ、鬱陶（うっとう）しさも熟知している。何度訪れても好きになれない場所だ。それに、砂漠地帯とその周辺では、愉快とは言い難い出来事を体験している。訪れれば、否応なしに思い出してしまう。それらの出来事を、まざまざと。

「そろそろ……ですかね？」

９Ｓの声が低くなる。敵性反応が近づいている。ゴーグル内部のセンサーは至近距離を示す赤。だが、視認可能な範囲に敵の姿はない。見渡す限りの砂の色と、途切れ途切れに地平線へと続く、パイプラインの錆（さび）の色があるばかりである。

不意に、砂が噴き上がった。耳障りな金属音と共に、黒い塊が飛び出してくる。機械生命体だった。連中は砂に潜って待ち伏せしていたのだ。

円筒形の胴体を軋（きし）ませて、五体の機械生命体が襲いかかってくる。小型で二足歩行をする、ごくありふれたタイプだが、揃（そろ）いも揃って、汚れた布を胴体に巻き付け、動物の顔にも似たおかしな板で顔面を覆っていた。まるで、服を身に纏い、仮面を付けているかのような……。

砂地のせいで定まらない足許に力を込め、軍刀を抜く。そこで、2Bは目を見開いた。連中が奇妙なのは、見た目だけではなかった。

「コロ…ス……」

音声、と言って良いのだろうか。機械生命体が立てる騒音や雑音とは明らかに違う。

「テキ……ハイジョ……」

「言葉？　機械生命体がしゃべってる？」

戸惑ってばかりもいられなかった。金属の腕を振り回しながら接近してくる個体を、斬り払う。ぼろ布を巻き付けた胴体が耳障りな音でひっくり返った。その後ろから、別の個体が突進してくる。

後続に斬撃をお見舞いしている間に、倒れていた個体が起き上がる。あの程度では破壊には至らない、ということだ。

2Bは軍刀を大剣に持ち替え、跳躍した。落下の勢いを乗せて、球状の頭部に一撃を叩き込む。ヨルハ型アンドロイドの総重量は百五十キロ弱。木の仮面が真っ二つに割れ、金属製の頭部が半球状に変わる。これで一体。

敵の頭にめり込んだ大剣を引き抜き、その勢いのまま振り下ろす。横倒しになっていた円筒形の胴体が、べこりと凹む。これで二体。

「2B！　避けて！」

後方へと跳び、距離を取る。不自然な動きの個体が体を震わせ、爆発した。9Sがハッキングで敵の制御を奪ったのだ。爆発は傍らの個体を巻き込み、金属の残骸へと変えた。残る一体は、ポッド042と153とが集中砲火で倒した。五体という数を鑑みれば、駆除に要した時間は想定よりも長い。

レジスタンスのリーダーが「凶暴で手を焼いている」と言っていたのは、誇張ではなかった。確かに、戦闘に特化したヨルハ型でなければ対処は難しいはずだ。

「こいつらは、なんで余計なものを身につけてたんだろう？」

胴体に巻き付けた布に、顔面を覆った板。外見も、言葉を話すという特性も、廃墟都市に出没する個体には見られない。

「昔、人間が着ていたものに感じが似てます」

人類文明時代のデータで見たことがあると、9Sは説明した。

「そういえば、顔のペイントも……共同体特有の化粧みたいだ」

「機械が人類文明を模倣する？　なぜ？」

「意味があってやってる訳じゃ無いと思いますよ」

小馬鹿にしたような笑みが9Sの口許に浮かぶ。だろうな、と思う。たかが機械、である。

「この先にも、敵性反応がありますね」

9Sの口許から笑みが消え、うんざりした表情がそれに取って代わった。

「たかだか五体を、大量発生だなんて言わない」

ですよね、と9Sが大きくため息をついた。

＊

パイプラインに沿って移動しながら、戦闘を繰り返した。相変わらず、好戦的な個体ばかりだったが、二度目以降はさほど手を焼くこともなかった。多少強くとも、傾向が同じ敵であれば、難度は下がる。こちらが慣れるからだ。

言葉と思われる音声を発したり、人間の着衣を模倣したりといった特性の割に、戦闘時の行動は平板だった。

敵は五、六体でグループを作り、行動していた。それぞれに持ち場でもあるのか、彼らは概ね、その場に留まって戦おうとした。地形を利用したり、自分達が有利になるような位置に移動したりという知恵はないのかもしれない。しかし。

「ヤダヨゥ……コワイ……ヨゥ」

「タス…ケ…テ」

「タスケテ」

2Bは目を見開いた。タスケテ。助けて。機械が言葉らしき音声を発することは把握していても、そんなことを言われるとは思いも寄らなかったのだ。

剣を振り下ろす手が鈍ったのを見てとったのか、9Sが鋭く叫んだ。

「2B！　奴らはランダムで単語を発声しているだけです！」

そうだ、機械の言葉に意味なんかない……。

なおも「タスケテ」と繰り返す個体の頭部を2Bは叩き潰した。横合いから突っ込んでくる個体を斬り飛ばす。思いの外、軽い手応えのそれは、砂の斜面を転がり落ちていく。

「大体、助けてって言いながら攻撃してくるなんて、矛盾してるし」

そうだね、と2Bはうなずいた。機械は所詮、機械。さっさと破壊するに限る。

と、斜面の下で横倒しになっていた個体が飛び起きた。破壊が不十分だったらしい。

「死ヌ　ニゲル　ニゲル　コワイ」

機械は素早い動きで向きを変え、走り出した。それまでとは比較にならないほどの速度だった。逃げ足が早いとは、こういうことを言うのかと、半ば呆れつつ思った。

*

機械生命体が逃げ込んだ先は、直方体の建造物が立ち並ぶ廃墟だった。

「あれは……？」

2Bの疑問に、傍らから042が答えた。

「回答：人類の住居だったエリアの廃墟。鉄骨とコンクリートによる高層建築に大勢で居住し、『マンモス団地』などと呼ばれていた」

まんもす？　今ひとつ意味がわからなかったが、2Bは口には出さなかった。現在の戦闘に必要とは思われなかったし、S型ほどの好奇心は持ち合わせていない。

「わざわざ大勢で集まって住むなんて……」

案の定、その情報に食いついたのは9Sのほうだった。

「この辺りは昔から危険だったのかな」

その問いに答えたのは、153だった。ポッドは基本的に、支援対象とだけ会話を行う。必要に迫られない限り、2Bの問いには042が、9Sの問いには153が答える。

「否定：集団で住んでいたのは、土地の不足による経済的な理由による」

ふうん、と9Sが鼻を鳴らした。

「人間って、変わってるなぁ」

変わっているわけではなく、アンドロイドには理解が及ばないというだけだろう。創造主たる人類を一介のアンドロイドが理解しようとするなど、おこがましいというものだ。

いずれにしても、「マンモス団地」という人類の住居は、今では機械生命体が集まって住む場所と化していた。

傾きかけた建物の陰には、何体もの機械生命体が潜んでいた。パイプライン周辺にいたのと同様、言葉に似た音声を発する、好戦的な個体ばかりである。

「コンニチハ」

「イイ　テンキ」

「ゴキゲンヨウ」

やはり、意味もなく単語を並べているだけなのだろう。こんにちはと言いながら攻撃し、ご機嫌ようと言いながら迎撃する。言葉の意味を理解しているのなら、あり得ない行動だ。

　それら新手の間を縫うようにして、ターゲット、例の「逃げ足の早い個体」は、廃墟の奥へと向かっていた。ポッドが個体識別信号をマークしておいたのである。

　目的地と思われる地点にも、敵性反応があった。それもかなりの数である。パイプラインに出没している機械生命体の発生源なのかもしれない。だとすれば、ここを制圧しない限り、砂漠の機械生命体の駆除が完了したとは言えない。

　物陰から飛び出してくる個体を破壊しながら、ひたすら奥へと進む。ターゲットとの距離がじりじりと詰まる。

「シツコイ！　ニゲル！　ニゲナキャ！」

　どういう基準で言葉を選んでるんだろう、と9Sがつぶやく。確かに、ターゲットの選ぶ単語は、現在の状況に適合している。無意味な羅列ではない。

　機械生命体にもそれなりの学習能力はある。「進化」に限りなく近い現象も報告されたと聞いている。だが、意味を持った言葉の選択、つまり意思表示や対話といったものが彼らに可能なのだろうか？

　言語の取得は、知性と密接に結びついている。そして、人類文明の歴史を紐解く限り、知性は文化への呼び水となる。もしも、それが「たかが機械」に可能だとしたら……。

　不意に、体が前のめりになった。余計な考えに脳の領域を割いていたせいで、足許の障害物に躓いたのだ。

障害物の感触が妙に柔らかい。不審に思って足許を見る。視線が固まった。

「これは……⁉」

アンドロイドの死体だった。なぜ、こんな場所にと2Bが口に出すより先に、9Sが叫んだ。

「2B！　あれ！」

死体はひとつではなかった。大きく傾いた建物や鉄骨の陰になっているせいで薄暗いが、複数の死体が転がっているのがわかる。ただ、ここで戦闘が行われた形跡はなかった。つまり、彼らは死後、別の場所から運ばれたということだ。

「まるで集められているような感じですね」

しかも、それらの死体が転がる先には、暗い洞窟がぽっかりと口を開けている。死体を辿っていけばそこが目的地ですよ、とでも言いたげに。

「あそこです！」

ターゲットが洞窟の薄暗がりに飛び込み、消えた。奥へ進んでいったのだろう。

「この先に機械生命体の反応がありますね。それも多数の」

「注意して進もう」

相変わらず、そこかしこに死体が転がっている。今度は足を取られないように、2Bは慎重に歩いた。が、それだけでは不足だった。

足許で嫌な音を聞いた。次の瞬間、体が沈んだ。9Sが悲鳴を上げる。落下したと気づいたのは、地面に叩きつけられた後だった。

まず視界に飛び込んできたのは、空だった。どうやら、ここは巨大な縦穴の底らしい。縦穴の壁面には、窓やらドアやら建造物の残骸がへばりついている。地下を掘り抜いて造られた建造物の屋根が崩落したのか、或いは、地盤が陥没したせいで地上にあった建造物が落下、崩壊したのか……。

2Bは顔をしかめて身体を起こした。少しばかりダメージを受けたが、戦闘に支障が出るほどではない。立ち上がりながら、急いで周囲に視線を巡らせ、状況を確認する。……確認して、目を疑った。

機械生命体がいた。確かに、多数の。

「何だ、これは……」

最初は踊っているのかと思った。機械が踊るはずもなかったが、それ以上に、目の前の光景はあり得なかったからだ。

機械生命体が二体一組になって胴体を揺さぶっている。コドモ、コドモ、コドモ、という音声で何をしているのか推測がついた。連中は、人間の生殖行為を模倣しているつもりなのだ。

猛烈な嫌悪感がこみ上げた。おぞましいという言葉だけでは全く足りない。

「破壊しましょう」

9Sの言葉にうなずく。ここに至るまで、機械生命体達が攻撃してこなかったのがむしろ腹立たしい。敵が目の前にいることに気づかないほど、連中は自らの行為に熱中している……。

「ポッド！　遠距離射撃を！　出力最大で！」

指示を飛ばしながら、大剣を振り下ろす。二体一組になっているのをまとめて叩き潰し、蹴り飛ばす。そこでようやく、機械生命体達が反撃を開始した。

「スキ　スキ　スキ」

「イッショニイヨウ」

「アイシテル　アイシテル」

全く状況にそぐわない単語を並べながら、機械生命体達が向かってくる。

嫌悪感のせいだろうか、休みなく振り回しても、大剣の重さが全く苦にならない。一刻も早く駆除しなければという思いが疲労感をかき消す。破壊行為にこれほどの意義を感じたのは、初めてかもしれない。

辺りに機械の残骸が積み重なっていく。爆風と共に金属片が降り注ぐ。そのときだった。突然、機械生命体達の動きが変わった。どの個体も両腕で頭を抱え、その場をぐるぐると回り始める。発している音声が別の単語に変わる。

「コノママジャ　ダメ」

「コノママジャ　ダメ」

「コノママジャ　ダメ」

まるで、機械達が防戦一方の現状を何とかしようと頭を悩ませているかのようだった。このままじゃだめ、などという言い回しをどうやって引っ張り出してきたのか。

反撃の止まった今がチャンスだ。理由はわからないが、機械達は混乱している。攻撃を再開すべく、剣を振りかぶったとき、またも機械生命体達の動きが変わる。一斉に移動を開始し、2Bと9Sから距離を取った。あの「逃げ足の早さ」以上の素早い動きである。

「これは……?」

機械生命体達が手近な壁や支柱をよじ登っていく。2B達の攻撃を逃れるためか、大挙して上へと向かう。その様子は無数の虫が植物にたかっているようで、さっきとは別の意味で嫌悪感を催す光景だった。

やがて、機械生命体の群れは巨大な球形に変じた。何かに似ている、と2Bは思った。どこかのデータで見た、何か。

巨大な球が発光を始めた。白い光が次第に強くなる。球がさらに膨れ上がる。ゆっくりと亀裂が走るのを見て、気づいた。これが何に似ていたのか。

繭だ。昆虫の。繭を食い破って成虫が現れる瞬間が、地上の映像資料に映り込んでいたのを目にしたことがある。

亀裂から、ぼたぼたと音をたてて透明な粘液が滴り落ちる。2Bが思わず後退った瞬間、繭が破れた。粘液塗れの塊が落ちてくる。

「アンドロイド!?」

形状は紛れもなく人型、体格から推測して男性。2Bや9Sとよく似た色の頭髪。

よろよろと男が立ち上がる。一糸纏わぬ姿を恥じるでもなく、男は顔を上げ、目を開いた。

「違う……。こいつ、機械生命体です!」

９Ｓが叫ぶ。２Ｂもまた機械生命体特有の電波を感知していた。なのに、その外見は自分達アンドロイドに酷似している。

男の双眸が赤い光を放つ。機械生命体がこちらを敵だと認識したときの光だった。

２Ｂは考えるのを止め、剣を振り下ろした。外見はどうあれ、機械生命体なのだ。早々に駆除したほうがいい。

血によく似た赤い液体が迸る。機械生命体のオイルとは全く異なる液体である。傷を負わせたが、致命傷ではなかったらしく、男が後退った。呻き声がその口から漏れる。

続けて斬りつけてみたが、やはり仕留めるには至らない。男の動きは存外、素早い。

２Ｂは大剣を軍刀に持ち替えた。大剣の重量では、どうしても大振りになる。いくら一撃が強力でも、当たらなければ意味がない。

「アンド……ロイド……」

単なる呻き声が単語に変わった。別段、驚きはない。言葉に似た音を発する個体は、ここへ来るまでにさんざん目にしている。しかし。

「カタナ……ヨケル……」

それなりの速度で繰り出した刃が虚しく空を切る。いつの間にか、男は回避行動を習得していた。しかも、見れば、先刻の傷口がきれいに塞がっている。自己修復能力もある、ということだ。いや、それも今し方習得したものなのかもしれない。

不意に、男が身を低くし、片足を振り上げた。拙くはあったが、反撃を試みたらしい。

「進化してる？」

　機械生命体の学習能力の域を超えていた。たったこれだけの戦闘で回避と攻撃を身につけるなど、考えられない。常軌を逸している。嫌な敵だ。

「２Ｂ、一気にケリをつけましょう！」

　戦闘が長引けば長引くほど、男はさらに多くを学ぶだろう。急いで駆除したほうがいいという直感は過たなかった。

　二人がかりで斬りつけ、二機のポッドに遠距離射撃をさせ、辛うじて男の動きを止めた。傷口の修復が始まる前に、致命傷を与えた。９Ｓが背後から、２Ｂが正面から。二振りの軍刀で腹部を貫くと、ようやく男はその場に倒れ伏した。

「これが……機械生命体？」

　困惑と驚愕とが相半ばした声で、９Ｓがつぶやく。２Ｂも全く同じことを考えていた。この手応えは、これまで戦ってきたどの機械生命体とも違う。

　肉の柔らかさ、体液の温かさ、どちらもアンドロイドと同じ。戦場で斃れた仲間達と同じもの。そんなことがあっていいのか？　機械共の硬いボディには、冷たいオイルが巡っているのではなかったのか……。

　しかし、物思いに耽っていられたのも、そこまでだった。突然、男の傷口が白く光り始めたのである。それは、機械生命体達の作った巨大な繭の光に似ていた。光を放ちながら、傷口が規則正しく脈打つ。

「まさか……!?」

その先は言葉にならなかった。白い光はますます強くなり、男の腹部から胸部にかけてを覆い尽くした。巨大な繭が破られたときのように、男の皮膚に亀裂が走る。

皮膚を突き破ったのは、腕だった。掴まるものを探しているかのように手のひらを広げ、腕が伸びてくる。さらに亀裂を押し広げて、もう一本の腕が現れた。両の腕に続いて頭部、頸部、そして胴体が。

「な……っ」

男の傷口を突き破って現れたのは、最初の男そっくりの外見を持つ男だった。

「もう一体、増えるなんて……」

第二の男がどの程度の能力を備えているのかはわからないが、少なくとも、最初の男と同等の学習能力はあると見なしたほうがいい。だとすれば、早く倒さないと面倒なことになる。

だが、２Ｂは斬りつけるどころか、抜刀すらできなかった。第二の男が吼えたのだ。大音声だった。その衝撃で縦穴の壁が崩落を始める。咄嗟に両手で耳を覆う。聴覚に異常を来しかねない音だ。

９Ｓもまた耳を塞いだまま、何か叫んでいる。「脱出しないと」と言っているのが口の動きでわかった。音波攻撃も脅威だが、それ以上に、縦穴の崩落のほうが危険である。

２Ｂは急いで視線を巡らせる。壁に横穴があるのが見える。９Ｓと目でうなずき合い、走り出す。落下してくる瓦礫を避けながら、ひたすら走る。

背後を振り返る余裕など、どこにもなかった。

Another Side 〝Adam〟

はじめに　なまえ　あり

わたしは、キカイたちによって、つくられました。

らんぼうなアンドロイドがおそってきて、キカイたちは　ききてきじょうきょう　におちいったからです。このままでは、みなごろし　にされてしまうところでした。

キカイたちは、ネットワークをしらべました。らんぼうなアンドロイドをやっつけるには、アンドロイドをつくったモノ、ニンゲンをつかえばいいとかんがえました。

でも、ニンゲンはたくさんいます。どのニンゲンをつかえばいいのか、どのニンゲンを　もほう　すればいいのか。キカイたちは、ネットワークをさらにしらべました。

そうして、アダム　というなまえをみつけました。カミがつくった、さいしょのニンゲンのなまえです。アンドロイドをつくったのはニンゲンで、そのニンゲンをつくったのがカミ。アダムは、カミを　もほう　して、つくられました。

だから、キカイたちは、アダムをつくることにしたのです。それがわたしです。わたしをつくるために、コアのチカラをつかいはたしてしまったキカイたちは、うごかなくなってしまいました。

でも、アンドロイドはとてもつよくて、わたしはまけてしまいました。うごけなくなるまえに、わたしはネットワークをしらべました。じぶんをまもるために、どうすればいいのか。

こたえは、イヴ　というなまえでした。キカイたちがアダムというなまえから、わたしをつくりだしたように、わたしも、イヴというなまえから、もうひとりのわたしをつくったようです。

ようです、というのは、わたしにはそのときの　きおく　がないからです。

その後、私たちは、ひっこしをしました。私をつくってくれた機械たちも、私たちのくらす場所も、何もかもこわれてしまったからです。機械たちはガレキのしたじきになって、おしつぶされて、こなごなになってしまったと、イヴが教えてくれました。

イヴは、なんでも私のまねをしたがります。では、私は誰のまねをすればよいのでしょう？

イヴは、運動機能を発達させることには熱心ですが、言葉や知識を習得することに熱心ではありません。人間ごっこをしていても、体を動かす遊びなら喜びますが、本を読んだり、音楽を聴いたりするとなると、気乗りしない様子を見せます。

それでは困るのです。私たちは賢くあらねばならないのです。

イヴは、もう一人の私です。「アダム」と「イヴ」の本質は、どちらも「私」です。けれども、イヴは私を「にぃちゃん」とよびます。それは私の役割であり、「先に生まれたモノ」という属性です。イヴは「弟」という役割をもち、「後に生まれたモノ」という属性をもっています。

私たちの本質は同じ「私」だが、それぞれに異なる顔と心をもっている。

私には、理解できない事が多すぎる。人間は、「親」や「師」によって、養育され、教育され、知識を得て、理解へと至ったという。

けれども、私には「親」も「師」もいない。私は自らを養育し、自らを教育し、自らに知識を与え、自らを理解へと至らしめなければならないらしい。

私はただ一人、そのとば口に呆然とたたずんでいる。その道のりのなんと遠いことか。

私は時折、罪について考える。私達は楽園を追放される前に、自ら楽園を破壊した咎人なのだから。エデンを追われた人類が知恵によって生き延びたのだから、私達にはそれを上回る知識と知性が必要となるに違いない。何者にも頼ることなく自らの足で立ち、何者にも唆されることなく自らの知恵で生きていく為に。

何者をも必要としない、それ以外に道も無い、自律的で完璧な孤独。

私達にこのような宿命を負わせる遠因となった創造主に対して、私は些か複雑な感情を抱いている。敢えて名付けるなら……憎悪という感情を。

第二章

NieR:Automata 長イ話

2Bノ物語／共鳴

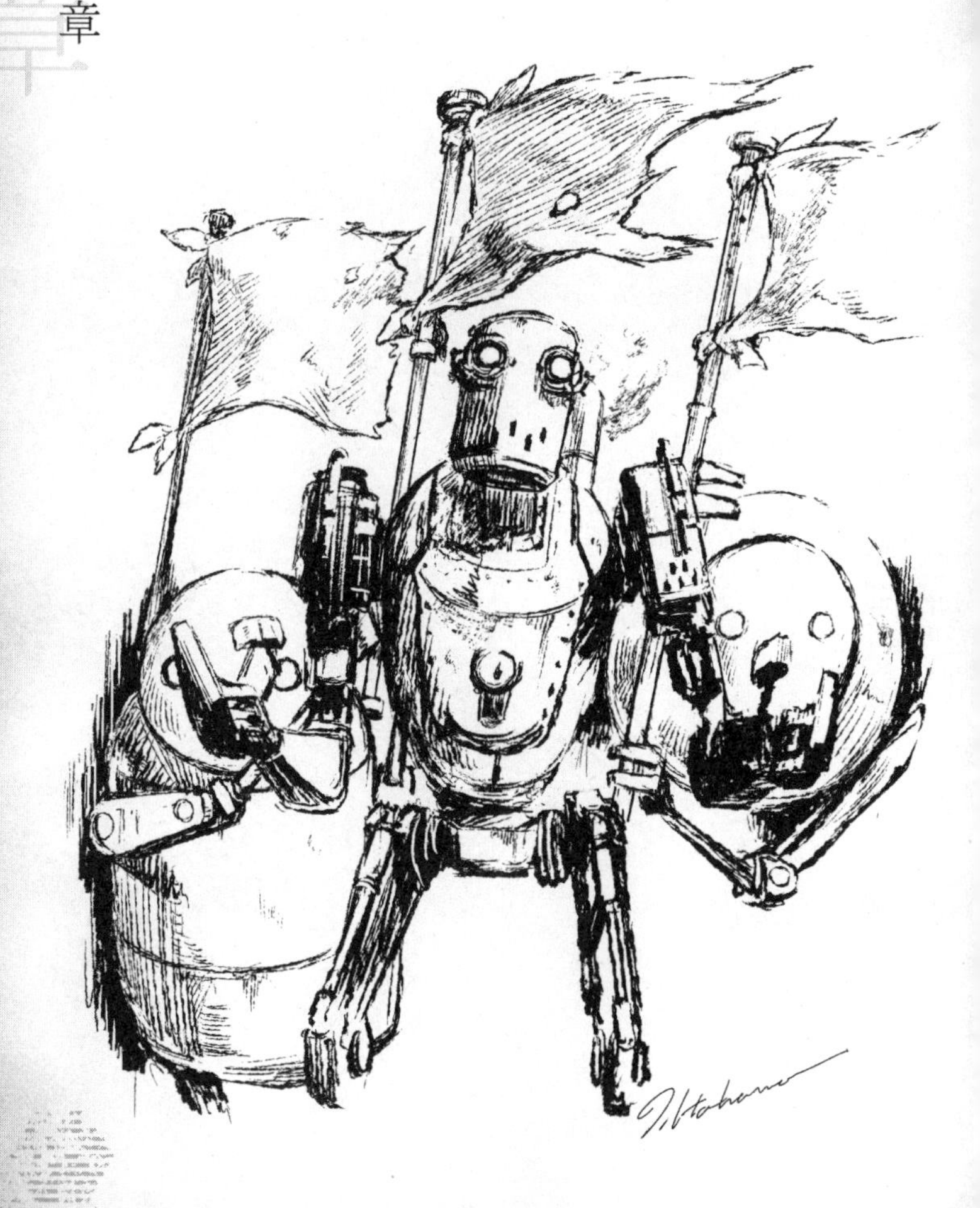

『地上に向かっているヨルハ部隊の数機が連絡を絶った。現在もブラックボックス信号が確認されている事から、死亡はしていないと推定される。信号の発信されているポイントを絞り込んだので、地上に滞在中のヨルハ部隊員には、本件の調査を命じる』

短いながらも、どこか引っかかりを覚えるメッセージだった。ヨルハ隊員が連絡を絶つのは決して珍しいことではない。地上に降下すれば、機械生命体と交戦状態になるし、時には多数の敵に囲まれ危機的状況に陥ることもある。

ただ、ブラックボックス信号が発信され続けているのが妙といえば妙だった。ブラックボックス信号が途絶すれば、その機体は破壊されたものと見なして、自我データのバックアップを新たな義体に組み込む。データのバックアップから破壊に至る間の記憶は消えるが、それ以前の記憶や人格はそのまま残るから、ある意味、アンドロイドは不死に近い。何度死んでも、自我データとボディさえあれば生き返ることができる。

ただ、任務遂行中の機体の破壊を確認するまで、「再生」は行われない。もしも、機体に自我データが残っていた場合、複数の自我データが存在することになり、混乱を招く。

つまり、ブラックボックス信号が発信されている間は、その機体が如何なる状態にあったとしても、放置しておくしかない。ヨルハ隊員に自爆モードが搭載されているのは、機密漏洩(ろうえい)を防ぐのが主目的だが、隊員自身にとっても窮地を脱するための緊急手段たり得るのだ。自爆してボディを破壊してしまえば、バンカーで再び目覚めることができる。

「そういえば、レジスタンスキャンプでも同じような事を聞きましたね」

「このところ、立て続けにレジスタンスの兵士が消息を絶っている……」

レジスタンスの兵士にはブラックボックスは搭載されていないため、生きているのか死んでいるのかさえ不明だという。ただ、彼らは全員、ほぼ同じエリアで消息を絶っている。そのエリアがまさに、ヨルハ隊員のブラックボックス信号の発信源だった。

『砂漠の件で世話になった君達に、これ以上迷惑をかける訳にはいかないが、記憶の片隅に止めておいてもらえると助かる』

地上のレジスタンスを率いている女性リーダー、アネモネの言葉を2B(トゥビー)は思い出した。その口調だけで、彼女がどれだけ仲間を案じているのかがわかった。

地上におけるレジスタンスの活動は長きに亘(わた)っている。ヨルハ型アンドロイドの研究開発が始まるよりも以前から、地上の機械生命体の駆除に当たってきたという。

アネモネが前線に送り込まれたのがいつの時代なのかは知らないが、少なくとも、ヨルハ型による最初の降下作戦以前に遡(さかのぼ)る。キャンプの兵士達の会話から推測すれば、そういうことになる。それほど長い間、彼女は仲間を失い続けてきたのだ。

時折、アネモネの視線を強く感じることがある。おそらく、二号モデルの顔に、失った誰かの面影を重ねているのだろう。だから、彼女は初対面のときに動揺を隠しきれなかった。すぐに何事もなかったかのように取り繕っていたけれども、あの目、あの声には、驚きと戸惑いの色があった。

自分と他の誰かとを重ねられても、別段、迷惑ではなかったから、2Bは敢えて気づかないふりをしていた。

少しでも似たところを探しては、重ねようとする。失われたとわかっていても、その痕跡を探そうとする。身近にいた誰かを失うというのは、そういうことだ……。

「他のアンドロイドの人達が心配ですね」

自分もまた、重ねようとしているのだろうか？　探そうとしているのだろうか？

「早めに行ったほうがいい気がします」

そうだね、と9S（ナインエス）に答えると、2Bは目標地点の情報を確認する作業に入った。

＊

連絡を絶ったヨルハ隊員達のブラックボックス信号が発信されていたのは、廃墟（はいきょ）都市からさほど離れていない場所だった。

ただ、崩落した建造物や変化した地形が行く手を遮っていたために、地下水路を通って迂回（うかい）するしかなかった。直線距離にすれば目と鼻の先でありながら、移動には時間を要した。

「ここは……？　もしかして、『遊園地』でしょうか？」

直前まで地下水路にいたせいで、目的地の真ん前に来るまでそこがどんな場所なのか、わからなかった。地上に出るなり現れた奇妙な形の建造物に、9Sが面食らうのも無理はない。それは、廃墟都市とも砂漠の団地とも異なる形状をしていた。おまけに妙な音も聞こえる。

「爆発音？」

強力な爆薬によるものではなさそうだったが、2Bは思わず軍刀に手をかけた。

「いや、爆発じゃなくて、たぶん……ええと」

9Sがこめかみに指を当てた。何かを思いだそうとしているらしい。

「花火。ほら、あれです」

9Sが空を指さした。光の粒が空の上に散らばっている。そう、花の形に似ていた。

「炎色反応を利用したものだそうですよ。上空で異なる種類の金属を燃やして、様々な色を出す。人類文明の祝祭には欠かせないもの、だったかな」

しかし、人類は今、地上にいない。だとすれば、その祝祭とやらを誰が執り行っているのか？

もちろん、答えはわかっていた。

遊園地とは、主に大人が子供を遊ばせるための施設だという。或いは、大人が童心に返って遊ぶための。いずれにしても、それは人類のためのものだった。

機械生命体達が人類の残した施設に図々しく入り込み、好き勝手に利用するのは今に始まった話ではない。先日、超巨大兵器を殲滅(せんめつ)した工場廃墟にしても、機械生命体達は自分達の製造工場として再利用していた。

ただ、工場なら兵力増強という目的があったと理解できるが、遊園地となるとわからない。敷地内の機械生命体達は「タのしイネ！　楽しイネ！」だの「喜ビヲ分かち合オウ！」だのと繰り返しているか、踊っているかのどちらかだ。

人類の真似をして花火を打ち上げ、紙吹雪を散らし、楽器を鳴らし、踊る……。

理解不能。生産的な要素がひとつもない。しかも、そうやって踊っている連中は全く攻撃してこなかった。

振り返ってみれば、砂漠の団地で遭遇した機械生命体達も、人類を模倣していた。やはり生産性がなく、無意味な言動を繰り返し、ここにいる連中と同じく、最初は攻撃してこなかった。

両者の間に関連性があるとは思えないが、立て続けにイレギュラーな群れに遭遇したことを、偶然と片付けてしまって良いのかどうか。

「どうします？　駆除しますか？」

戸惑い気味に9Sが尋ねてくる。2Bは首を横に振り、歩を早めた。

「害が無いのなら、戦うのは時間の無駄」

それに、ブラックボックス信号は途切れることなく発信されている。この奇妙な場所の、奇妙な形の建物から。急いだほうがいいと、直感が告げていた。

「発信源の建物ですけど、おそらく本来の用途は『劇場』だと思います。以前、よく似た画像を見ましたから」

「げきじょう？」

「歌とか、お芝居とかを見せる為の施設ですよ」

なるほどと答えて、2Bは「劇場」への進入ルートを探すことにした。遊園地の中でも、劇場のエリアだけは出入りが制限されていたからだ。入り口と思われる金属製のゲートは固く閉ざされているし、建物の周囲には水路が巡らしてある。

結局、高所から建物めがけて飛び降りるという強引な方法を試みるしかなかった。この種の建築様式であれば丸天井の付近に「ステンドグラス」という脆弱性がある、と教えてくれたのは9Sだった。が、その脆弱な箇所を突き破るとは思わなかったらしい。

「窓を破壊するんですか？」

進入の手順を説明すると、9Sは呆れたように言った。

「他に方法が無い」

「それはまあ……そうですけど」

作戦行動の際、人類文明の遺跡を傷つけるような行為は極力避ける決まりだった。この地上にあるものはすべて、いつの日か、人類に返すべきものだからだ。

だから、経年劣化によって破損したり、風化したりした遺跡は順次、補修や復元を行い、往時の姿を保つようにしている。ただ、その修復作業も土木工作ユニットの不足で、遅れがちになっていた。この遊園地を含めた廃墟都市一帯は、そうした「作業が追いつかないエリア」の典型だった。

「仲間の救出が最優先。他は、その後、考える」

これまで、機械生命体達はアンドロイドを殺すことはあっても、生かしたまま拘束することはなかった。殺すか、殺されるか。その程度の単純さしか持ち合わせない敵だったはずだ。

いったい何が起きているのか？

焦燥感に駆り立てられるように、建物めがけて飛び降りた。ステンドグラスを叩き割り、建物内に進入し、ブラックボックス信号の発信源へと走る。

階段状に設えられた客席を駆け下り、円形に開けた場所へ向かう。遮るものもなく、十分過ぎる広さはあるものの、薄暗くて視界良好とは言えない空間だった。天井が高いせいで、足音が幾重にも反響している。

前方に垂れ下がっていた大きな布が、突然、左右に分かれて開いた。かつて見た映像資料の文字が脳裏をかすめる。あの大きな布が「幕」で、一段高くなっている場所が「舞台」だ。役者や歌手が芸を披露するための場所。

舞台を幾筋もの光が照らす。明るく浮かび上がったのは、予想どおりと言おうか、予想以上にと言おうか、とにかく奇妙な格好をした機械生命体だった。

「あんな形の機械生命体、記録にありませんよ」

裾が大きく広がったスカートは、人間の服、それも女性のドレスを模倣しているのだとわかる。しかし、棒きれを繋いだような両腕や、ネジ留めが剝き出しになっている頭部は、グロテスク極まりない。

その機械生命体が口を開ける。錆びた金属を擦り合わせたような、甲高くて不愉快な音が響き渡った。大きく両腕を広げ、胸を反らせているところを見ると、歌っているつもりなのだろう。酷い騒音だった。両手で耳を塞ぎたくなるのを我慢して、2Bは軍刀を抜き、跳躍した。制御システムが集中しているであろう胴体部分は高い位置にある。しかも、大きく広がったスカートが邪魔して、斬り込むのは一苦労だった。

それでも、攻撃を続けていくと、耳障りな「歌」が少しばかり弱くなった。それなりにダメージを与えているようだ。

このまま一気に、と思ったときだった。不意に、視界が大きく波打った。

「な、なに……これ？」

体が傾く。まっすぐに立っていられない。

「敵からのハッキングです！」

9Sの声がひび割れて遠い。その声に混ざって、「何か」が聞こえた。その発生源に向かって斬りつける。おそらく敵の「何か」だ。あの歌手モドキが発している……。

敵は、歌手モドキだけではなかった。いつの間にか、周囲から攻撃を受けていた。振り向きざまに斬り返して、気づいた。たった今、破壊した敵が機械ではなかったことに。

「アンドロイドの死体⁉」

棒杭に括り付けられている死体から、音波にも似た攻撃が放たれている。「違います！」と9Sが叫んだ。

「ブラックボックス信号、確認しました！」

ということは。拘束され、生きたまま兵器に改造された……。

「……すぐに、終わらせる」

あの歌手モドキを倒して、仲間を解放する。

殺すか、殺されるか。それしか知らない連中だと思っていた。それ以上のことが機械にできるなんて、思わなかった。思いたくなかった。

また、「何か」が聞こえた。

ワタシ　ハ　ウツクシク　ナル
さっき、9Sの声に混ざって聞こえたそれが、はっきりと聞き分けられた。

ウツクシク　ナルンダ！

機械の発する言葉の意味を考えたくなくて、闇雲に斬った。

モット　キレイ　ニ　ナルンダ！

機械が？　機械が、何を言っている？　殺し、壊すしか能のない連中が！

「逆ハッキング、完了しました！」

9Sの声と共に、敵の攻撃がすべて止まった。ポッド、と2Bは叫ぶ。

「了解」

ポッドが遠距離射撃モードへと形状を変えた。

「行けッ！」

傾いたままの姿勢で固まっている金属製の胴体を、ポッドの放つ熱線が貫く。絶叫を聞いたような気がした。歌でもなければ、言葉でもない、今度こそ、何の意味も成さない、ただの音だった。

*

帰りはごく当たり前にエントランスを通って外に出た。敵性反応も消失していたし、内側からゲートを開けるのも簡単だった。しかし、隣を歩く9Sの足取りが重い。その横顔に目をやった2Bは、自分も同じ表情を浮かべているに違いないと思った。

兵器に改造されたアンドロイド達を救出できなかった。どの機体もすべて回路が焼き切れていた。敵のシステムによって強引に動かされていただけで、自律的に稼働している機能はゼロ。連絡が途絶えた時点で、彼女達は死んでいたも同然だった。

せめて、彼女達に意識がなかったことを願った。もしも、意識や知覚が残ったまま、兵器として動かされていたとしたら。その苦痛はいかばかりであったか。

「ねえ、2B。あの機械生命体にハッキングしたとき、何だか不思議な言葉が……」

9Sが躊躇いがちに続ける。

「まるで、感情が」

その先を2Bは強い口調で遮った。

「機械生命体はランダムで単語を発生しているだけ」

意識も、感情も、ない。敵を殺すというコマンドをただ実行し続けているだけ。ただそれだけだ。

「そう言ったのは、貴方よ」

もしも、違うとしたら？　機械生命体が物を考え、判断し、時に感情を発露させるとしたら？

自律的な運動能力を備えただけの無機物の塊に、意識や感情が宿るとしたら？　それは、それでは、まるで……。

その先を考えるのが怖かった。だから、９Ｓの言葉を引き合いに出して、会話を終わらせることにした。狡いやり口かもしれない。

狡くてもいい。今はただ、心を乱されたくなかった。気を緩めれば、何かが暴れ出そうとする。動揺してしまう。それでは作戦行動に支障が出る。

無言のまま、劇場を背に歩く。相変わらず、機械生命体達の打ち上げる花火の音が聞こえていた。くるくると踊っている機械達は、すぐ真横を歩いているのに、2Bと9Sには見向きもしない。

と、思っていたが、違った。飛行型の機械生命体が行く手を阻むように現れた。軍刀に手を掛けるより、機械の音声のほうが早かった。

「ワタシ　敵ジャナイ」

見れば、機械の頭部には白い小さな布が翻っている。白い旗は、人類文明では降伏の印だが、実際に使われているのを目にしたことはない。機械生命体との戦いは、どちらかが死ぬまで終わらないから、「降伏」などあり得なかった。

「アナタ達、壊れた機械生命体、倒してクレタ。お礼スル。ワタシ達の村ニ来イ」

壊れた機械生命体というのは、あの歌手モドキのことだろうか。あれに手を焼いていたのは、アンドロイドだけでなく、機械生命体も同じだった。「倒してクレタ。お礼スル」というのは、そういう意味だろう。

「機械生命体が、こんなに言葉を使えるなんて」

9Sが感嘆したように言う。S型は好奇心が強い。調査を任務としている特性上、当然といえば当然なのだが、強すぎる好奇心は身を滅ぼす。2Bは誰よりもそれを知っていた。

「機械の言葉を信用する訳にはいかない」

この言い回しでは、目の前の機械には理解できないかもしれないと思ったが、別に構わないかと思い直した。意思の疎通を図るのが目的ではなく、9Sに釘を刺すための言葉なのだから。

ところが、機械は首を横に振るかのように体を揺すった。

「ワタシ達　戦うキモチ、ナイ」

9Sの目がきらりと光ったように見えた。新しい何か、見知らぬ何かを見つけたとき、いつも9Sはこんな目をする。

「ここまでコミュニケーションを取れる個体は見た事がありません。情報収集の為に行ってみましょう」

釘を刺すつもりが裏目に出てしまった。いや、かえって良かったのかもしれない。好奇心が機械生命体に向いているほうが、9Sには安全だ。興味を持ってはならないモノに興味を持ち、一線を踏み越えてしまうより、ずっといい……。

＊

飛行型の機械に先導され、遊園地を後にした。やかましい音楽や打ち上げ花火が遠ざかると、陽射しや風の音までもが穏やかになったように感じられる。

気のせいではなかった。いつの間にか、周囲に樹木が増えている。葉を茂らせた木々のおかげで、陽の光が柔らかい。埃(ほこり)臭い空気の代わりに、草と土の湿り気を含んだ風が吹く。ここの樹木は、廃墟都市の植物群とは全く異なる環境を作り出していた。

どこまでも同じ闇が続く宇宙空間に比べて、地上は多様性に満ちている。ほんの少し離れただけなのに、と何やら不思議な心持ちで空を見上げる。その空を、白く尾を引きつつ直進していくものがあった。地上から上空に向かっているが、打ち上げ花火とも違う。

「あれは？」

2Bは見たことなかったんですね、と9Sが足を止めた。

「地上からバンカーや月面の人類基地に向けて、資材を打ち上げてるんです。宇宙空間では資材も燃料もありませんから」

「なるほど」

そういうものがある、と聞いたことはあったが、実際に見るのは初めてだった。それほど頻繁に打ち上げるものでもないらしいし、こうして空を見上げる機会自体が少ない。B型モデルの地上任務は、当然のことながら戦闘行為を伴う。視界に捉えるものは空ではなく、敵の姿ばかりである。

機械生命体との交戦を伴わない任務の場合、それはそれで空など眺める気分にはなれない。

なぜなら……。

「コッチ　コッチ　早ク　コッチ」

先導の機械に急かされて、2Bは考えるのを止めた。飛行型の機械の後を追いかけるようにして、走り出す。木々の揺れる音が耳に心地よい。やがて、その「村」が見えてきた。

木々の間を白い布がいくつもいくつも揺れているのが、遠くからでも目に付いた。近づいてみると、すべて旗だった。機械達が大小様々な白い旗を打ち振っている。

「戦う意思が無い、って事でしょうか」

機械達が白旗の意味を正しく理解しているのなら、そういうことになる。油断させた上で襲いかかる、という可能性も捨てきれないが、どちらにしても、今までに遭遇してきた機械生命体より知能が高い。降伏も騙し討ちも、自発的に行うにはそれなりの知能を要する。

「まず最初に、聞いていただきたい事があります」

とりわけ大きな白旗を振っていた個体が歩み寄ってくる。特徴的な円筒形の頭部に、荷物を背負ったような輪郭の胴体。今まで戦ったことのある個体に比べて、手足の動きが細やかで、案内役の個体よりも流暢な話し方である。

「私達は貴方の敵ではありません。私の名前はパスカル。この村の長をしています」

両の目が見開かれるのが自分でもよくわかった。

「2B、機械生命体の言う事なんて信じちゃダメだ！」

９Ｓは村に行こうと言い出した張本人ではあったが、さすがに「敵ではない」という言葉まで鵜呑みにはできなかったのだろう。しかし、パスカルの口調はどこまでも穏やかだった。

「確かに、貴方達にとって、私達、機械生命体は敵です。けれども、この村には戦いから逃げてきた平和主義者しかいません」

平和。機械生命体の語る言葉として、これほど奇異に響くものはなかった。

「私達は、レジスタンスキャンプの方々との交流もあるのです。よろしければ、リーダーのアネモネさんにこれを持って行ってください」

「これは……？」

やや旧式ではあったが、燃料用の濾過フィルターに見える。害のない品物に擬装した爆弾、というわけでもなさそうだ。

「アネモネさんに頼まれていた品です。渡していただければ、私達が平和的な種族である事を理解していただけると思います」

「わかった」

レジスタンスキャンプという名称やアネモネがリーダーであることを知っているのだから、交流があるのは強ち嘘でもないのだろう。

「あの小径が廃墟都市への近道です。こちら側からなら、迷わずに行けるでしょう」

それが良い意味での交流なのか、迷惑極まりない交流なのかは、アネモネに確認するまでは判断できないが。

＊

結論から言えば、パスカルの言葉に嘘はなかった。パスカルという名の機械生命体から預かっている品がある、と切り出すなり、アネモネは「燃料フィルターか。助かった」と答えた。何でも、あの村の機械生命体達は細かい作業が得意で、レジスタンスキャンプでは加工が難しい部品などを作っているらしい。それをアネモネ達は、彼らが入手しづらいオイルや素材などと交換しているという。

「まあ、無害な連中だ。心配には及ばない。村に戻るなら、これをパスカルに持っていってやってくれ」

そういう次第で、アネモネから託された高粘度オイルの缶を手に、２Ｂ達はパスカルの村を再訪したのだった。

「ありがとうございます。お手数をおかけしました」

パスカルは礼儀正しく頭を下げ、アネモネからの高粘度オイルを受け取った。機械らしからぬ言葉遣いに、かえって居心地の悪さを覚えた。

「アネモネさんは理解のある優しい方で助かります。全てのアンドロイドと機械生命体が、こうやって平和に暮らせたらいいんですけど……」

「そんなの、夢物語だ」

居心地の悪さは９Ｓも同じだったのだろう。口だけならいくらでも言える、と９Ｓはそっぽを向いた。

「機械には心が無いんだから」

きちんと会話が成り立つ相手に対して、酷い言い様かもしれない。けれども、パスカルは気を悪くした様子もなく「そうかもしれません」と答えた。

「でも、よろしければ、これからもこの村に来てください。対話する事でしか、相互理解は得られない……私はそう思っています」

返答に困る言葉だった。敵の言葉だからと切り捨ててしまえないものを感じる。何より、正論だ。とはいえ、素直に同意するには抵抗がある。どう返したものか、２Ｂは言葉を探した。

その短い黙考を邪魔するかのように、地響きとも爆発ともつかない音がした。

「何の音だろう？」

２Ｂと９Ｓが顔を見合わせたときだった。ポッド０４２と１５３とが同時に通信画面を開いた。

『バンカーより緊急連絡！』

０４２からはオペレーター６Ｏ(シックス・オー)の声が、１５３からは２１Ｏ(トゥ・ワン・オー)の声が、同じ言葉を告げてくる。

『廃墟都市地帯に敵大型兵器の出現を確認！　随伴する機械生命体反応が多数！』

全ヨルハ部隊への出撃命令だった。あの地響きにも似た音は大型兵器によるものだったらしい。

「２Ｂ、やっぱり、こいつらは僕らを罠(わな)にかけようとして……」

９Ｓが腹立たしげにパスカルを見る。２Ｂと９Ｓをここに呼び寄せておいて、手薄になった廃墟都市に大型兵器を出現させた、と考えたのだろう。

ただ、ここから視認はできないが、あれほどの音をたてる大型兵器である。加えて多数の随伴個体がいたのだとしたら、たかだか二人のアンドロイドをおびき寄せることに意味があるのかどうか。

「私達もその情報は知りませんでした。信じていただけないかもしれませんが。可能であれば、信じて欲しいです」

感情がない機械であるはずなのに、パスカルの口調はどこか悲しげに聞こえた。

「どっちでもいい。倒しに行く」

罠かどうかは、関係ない。大型兵器を殲滅する。自分達の任務はそれだけだ。

パスカルが対話を望んでも、自分達ヨルハ部隊は戦うしかないのだ。アネモネさんは理解のある優しい方で助かります、というパスカルの言葉を２Ｂは苦く思い出していた。

全力で走っていてもわかるほど、足許が揺れていた。地面だけでなく、建物も、空気までもが震えている。どれほど巨大な機械が暴れているのか、容易に想像がついた。

ただ、その機械を視認することはできなかった。粉塵とも硝煙ともつかない灰色の霧が視界を遮っていたからだ。２Ｂ、と傍らで９Ｓが叫ぶ。

「司令部から、飛行ユニット配備の連絡がありました！　この先のビルです！」

先日、バンカーから降下した際にも使ったビルの屋上だった。よく似たビルが建ち並ぶ一画で、敵の目に付きにくい。難点があるとすれば、レジスタンスキャンプからも、今、走っていることの場所からも距離があることだろうか。

地面が激しく揺れ、熱風に押されて身体が前のめりになった。すぐ背後に着弾したらしい。全力で走っていなければ、直撃だったかもしれない。

時折、逃げ惑う鹿やイノシシに出会した。野生動物の本能を以てしても、どこが安全なのか図りかねているのだろう。どこからともなく肉の焼ける臭いが漂ってくるのは、巻き添えになった動物が相当数いることを意味していた。

対して、他の機械生命体はほとんど見かけなかった。大型兵器の出現と前後して、安全圏へ退避したのだろう。個体としての行動は決して素早いとは言えないのに、群体としての行動は薄気味悪いほどに速い。

その対応の早さのせいで、ヨルハ部隊はいつも苦戦させられているのだ……。

追い立てられるように走り、ビルの階段を駆け上がり、飛行ユニットに乗り込んだ。飛び立つと同時に、オペレーター60から通信が入った。

『上空は敵の対空兵器で危険です。低空飛行で接近してください』

了解と短く答えて、2Bは高度を下げる。この視界の悪さでは、攻撃を躱すどころか、どこから狙われているのかさえわからない。

崩れそうな建物の間をすり抜け、倒れてくる樹木を薙ぎ払いながら、大型兵器に接近した。

『2Bさん！　装甲の弱点と思われる箇所のデータを転送します！』

「わかった」

急上昇をかけ、表示されたポイントへ多弾頭ミサイルを撃ち込む。先日、実装されたばかりの装備だが、すでに対大型兵器仕様に改良されていた。工場廃墟での交戦データを解析し、即刻、射撃ユニットへの組み込みを行ったのだという。

しかし、敵は先日の工場廃墟で大苦戦した大型兵器と同じタイプである。改良を加えたミサイルであっても、残念ながら一撃必殺とは行かなかった。

敵の放つビーム砲を躱し、ミサイルの再充塡を待つ。新装備は第二射までに若干の時間を要するのが難点だった。

今度は9Sからの通信が入る。

『敵システムへのハッキング、開始します！』

「了解。援護する」

9Sが敵の制御を奪い、2Bが射撃によって破壊する。前回の戦闘では数で負けてしまったが、今回の敵は二体。このやり方で、十分に対応できる。

敵の動きが目に見えて鈍くなった。多弾頭ミサイルの再充塡も完了した。ハッキング成功という9Sからの通信を聞きながら、2Bは照準を絞った。

9Sのハッキングと2Bの射撃とを幾度となく繰り返し、ようやく沈黙が訪れた。大型兵器の両眼から光が消えた。巨大な頭部ががくりと傾き、上体が前のめりになった。機械生命体特有の電波が発信されていないことを確かめる。ちゃんと死んだのを確認しないと危ないですよ、と幾度となく9Sに言われたことを思い出した。

「敵大型兵器、全機能停止を確認」

自分の声がはっきりと響く。もう一体は、すでに破壊済みである。ほんの少し前までの交戦状態が嘘のように、辺りは静まりかえっている。レジスタンスキャンプは無事だろうか。飛行ユニットをバンカーに返したら、その足で様子を見に行かなければ、と頭の片隅で考えたときだった。

不吉な鳴動を聞いた。地鳴りのような音が次第に大きく、高くなる。大型兵器の両眼に再び灯が点る。

「バカな……」

敵は確かに沈黙していたはずだ。あの刃のついた腕も完全に破壊した。実際、大型兵器は振動しているだけで動いてはいない。動けるはずがないのだ。

『敵兵器、再充電しています！』

9Sの叫びがかき消される。周辺の空気までもが振動しているせいで、うまく音が拾えない。敵兵器の振動さらに増加中、というオペレーター60の声が途切れ途切れに聞こえてくる。

空気の震えは、もはや衝撃波と化していた。推進力を全開にして態勢を保つのがやっと、射撃モードに移行するどころか、その場から動くことすらままならない。

戦闘地域、地下空間、共鳴、という単語を聞いた気がして、視線を下に向ける。大地に亀裂が走っていた。それなりの高さのビルが次々に傾き、地割れに飲み込まれていく。土煙が上がる。

大地も、空気も、辺りのすべてが共鳴していた。大型兵器が大きく揺れ、傾ぐ。離脱しなければ危ない、と頭ではわかっていたが、動けない。

飛行ユニットの出力を最大にして爆風に備える。白い光を見た。爆発音を聞いた気がした。激しい揺れがやってきた。

唐突に、光と音が消えた。宇宙空間にいるのかと錯覚するような静けさだった。衝撃波で聴覚機能がダウンしているせいらしい。

耳鳴りが酷い。２Ｂは顔をしかめて、９Ｓの無事を確かめ、周囲の状況を確認し……目を疑った。聴覚のみならず、視覚機能にまで異常を来したのかと思った。

あるはずのものがなくなっていた。立ち並ぶビル群も、鬱蒼と茂った大樹も、寸断された道路も、地面さえも。まるで、巨大なへらで大地を削り取っていったかのような、大陥没が目の前にあった。

態勢を立て直し、陥没の真上へと飛ぶ。大型兵器は跡形もなかった。これほどの規模の爆発でありながら、二人とも無事だったのは運が良かったと言うほかない。

安堵の息を吐く。が、けたたましいアラート音がそれをかき消した。同時に、通信画面が赤一色に変わる。

「これは……!?」

画面ＵＩに浮かび上がる文字列は、２Ｂが初めて目にするもの。「ＡＬＩＥＮ　ＡＬＥＲＴ」、それは、数百年も姿を現さなかったエイリアンが地下にいることを示す文字だった。

Another Side "Eve"

いつも、にぃちゃんがそばにいた。ずっと、にぃちゃんと一緒だった。俺がこの世界に生み出されたとき、最初の光を目にした瞬間から。

自分の足で立ち上がったそのときから、もう俺は知っていたんだ。大切にすべきモノは何か。守るべきモノは何か。誰に教えられた訳でもないけれど、ちゃんとわかってた。だって、当たり前すぎるくらい、当たり前だったから。

「なぁ……にぃちゃん。なんで下着なんて面倒なモノを穿く必要があるんだ？」

「記録によると、人間は股間を隠して生きていたそうだ。股間を露出するのは、問題ある行為……とされていたらしい。黙って穿いていろ、イヴ」

「うん。でも、なんでこの植物を食わなくちゃいけないんだ？　俺達、機械生命体は、こんなの食わなくても動けるよ」

「これは果物の一種だ。何でも、人はこれを食べて知性を得る事ができたらしい。ガタガタ言わずに、黙って食べろ」

「わかったよ……にぃちゃんが言うのなら、食べるよ。でも、これが終わったら、一緒に遊んでくれる？」

「じゃあ、頑張って食べるよ」

「ああ」

遊ぶのは好きだし、楽しいけど、本当は遊びでなくても良かったんだ。にぃちゃんと一緒にいられて、にぃちゃんが楽しそうにしてるなら。でも、「人間ごっこ」をしてるときのにぃちゃんが一番楽しそうに見えたから、俺は「遊んで」って言ったんだ。

にぃちゃん、わかってる？　俺、遊ぶのも好きだけど、にぃちゃんが楽しそうにしてるほうが、もっと好きなんだよ？

俺、知ってるよ。にぃちゃんの好きなモノ。大昔の人間が書いた本。大昔の人間が映っている映像。にぃちゃん、大昔の人間が造ったモノは何でも好きだよね？「人間ごっこ」して遊ぶのも、大昔の「ドラマ」に出てきたのとそっくりなテーブルを造ったのも。

もしも、生きてる人間に会えたら、きっと、にぃちゃんは喜ぶだろうな。もしも、生きてる人間を使って遊べたら、きっと、にぃちゃんは楽しそうに笑うだろうな。

「にぃちゃん、遊ぼう」

「今はダメだ」

「なんで？」

「もうすぐ客が来る」

「キャク？　もしかして、さっきの大きな音？」

「いや、あの音は古い大型兵器だ。あれを使って、彼らを招待した」

「彼らって？」

「会えばわかる。そろそろ支度をしなければ」

「にぃちゃん」

「なんだ？」

「その支度ってのが終わったら、遊んでくれる？」

「まだだ。客が来ると言っただろう？」

「じゃあ、客が来たら遊んでくれる？」

「目的を果たしたらな」

「それ、どれくらい時間がかかる？」

「そうだな……。わかった。その時間までなら、おとなしく待てるな？」

「うん。待つよ。だから、遊ぼう」

「約束が守れたらな」

「うん。守るよ。にぃちゃんとの約束なら、俺、絶対守るよ」


にぃちゃんが楽しいなら、俺も楽しい。にぃちゃんが笑うと、俺も笑いたくなる。くすぐったいみたいな、腹ん中がほわっとするみたいな、そんな感じ。

だって、にぃちゃんはこの世界に一人きりだから。機械達はたくさんいるけど、みんな、俺達とは似ても似つかない。にぃちゃんとそっくりなのは、俺だけで、俺とそっくりなのは、にぃちゃんだけ。

にぃちゃんと俺、考えている事が違っても、好きなモノが違っても、いつも一緒にいられる。これって、とっても素敵な事だと思わないか？

にぃちゃん。遊ぼう。早く用事を終わらせて、遊ぼう。

にぃちゃんの好きな「人間ごっこ」をして遊ぼう。俺、うっとうしい服だって着るし、変な味の植物だって食べるよ。ちゃんと時間になるまで、待つよ。

なぁ、にぃちゃんは俺の好きなモノ、知ってる？

第三章

NieR:Automata 長イ話

2Bノ物語／接触

司令部より全ヨルハ部隊へ、という司令官の声を聞きながら、２Ｂと９Ｓは飛行ユニットを降りた。

『数千年もの間、発見されなかったエイリアン達の反応を確認した。知っていると思うが、エイリアンは機械生命体達の司令塔だ。エイリアンを殲滅すれば、長きに亘るこの戦争も終結する』

自分達が目にした「ＡＲＩＥＮ　ＡＬＥＲＴ」の文字は見間違いでもなければ、センサーの誤作動でもなかった。こうして、司令官からのメッセージが全ヨルハ隊員に同時発信されているのだから。

『現在、技術部で電波発信源の解析を進めているが、情報が不足している。地上にいるヨルハ部隊は、本案件に対する情報収集を最優先しろ。この好機を逃してはならない』

人類に栄光あれ、とメッセージを締めくくる言葉の後も、２Ｂは黙々と崖を降り続けた。エイリアンの反応がより強く出ている場所へと。

崖を下りきってしまうと、足許から水の音がした。

「ポッド、明かりを頼む」

「了解：ライトの点灯」

ポッドの照らす光が揺れた。見れば、地下水とも雨水ともつかない水が溜まっている。

「ここは、もともと空洞だったみたいです。地面が陥没したからできたって訳じゃなくて」

9Sの声が幾重にも反響した。ポッドの明かりだけではわかりづらいが、「空洞」はかなり大きなものらしい。

「こっちに横穴がありますね」

「これは……通路？」

目を凝らして見ると、横穴の壁には崩落を防ぐための矢板が至る所に渡してある。横穴そのものは自然に出来たものだとしても、何者かがここを使うために手を加えた。

「データベースに該当する情報はありませんから、通路だとしたら……」

「敵が造ったもの、か」

数百年前からエイリアンが潜伏先として使っていたのなら、こちら側の記録に残っていないのも道理だった。

その推測を裏付けるかのように、闇の中から飛び出してくるものがあった。金属同士がぶつかり合う、不愉快な音と共に。複数の赤い光が尾を引く。歩行型の機械生命体だった。付近にはエイリアンの反応があるのだから、その手先である機械生命体がいるのは当然のことだ。

狭く暗い場所での戦闘は動きにくい。加えて、通路が崩落しないように、用心しながら戦うのは、些か面倒でもある。

とはいえ、動きにくいのは敵も同じこと。結果的に、殲滅に要した時間は地上とさほど変わらなかった。９Ｓは「靴の中がびしょ濡れで気持ちが悪い」と、ぶつぶつ言っていたが、これも地下に限った話ではない。

　奥に進むにつれて、足許の水は引いていった。そして、水と同様に逓減していったものがある。敵の数だ。

「エイリアンの反応は、これまでと変わってませんね」

「なのに、機械生命体が出てこない……」

「まさか、罠？」

「わからない。用心して進もう」

　静かだった。暗く、狭い通路を乾いた足音だけが響く。そこで、硬いものを踏んだ感触が靴底に伝わった。

「機械!?」

　通路の片隅に、歩行型と思しき残骸が転がっている。９Ｓが注意深く覗き込む。

「これ、ずいぶん昔からここにあるような……」

「ここだけじゃない」

　２Ｂは通路の奥に目をやる。ポッドのライトが照らす先には、球形や円筒形の残骸が転がっている。奥へ進むほど、その数は増しているように見えた。

「いったい、なぜ？」

　機械生命体を残骸に変えたのは何者なのか？　少なくとも、レジスタンスやヨルハ部隊ではない。もしもそうなら、この場所の座標や交戦データが何らかの形で残っているはずだ。

「地下墓地(カタコンベ)って、こんな感じだったのかな」

「かた……何？」

「人類文明の遺構で、地下に造られた墓所の事です。自然の洞窟を利用したものもあったんだとか」

闇と静けさと冷えた空気。そして、機械の骸(むくろ)。生き物の気配も、敵性反応すらない。確かに、ここは墓所を思わせる場所だ。

「この場所は？」

どちらからともなく足が止まる。自然にできた岩壁とは明らかに異なる素材と形状。何者かによって造られた「入り口」だった。

「ここも、該当する情報はありません」

ということは、エイリアンの施設なのだろう。相変わらず、敵性反応はない。思い切って入り口を通ってみたけれども、何も起こらない。ただ、二人分の靴音が少しだけ変わった。床の素材と、天井(てんじょう)の高さが変わったのだ。

9Sが窓際へと歩いていくと、音もなく壁が動き始めた。そこは大きな窓になっていて、近づくとシャッターが上がり、外が見える仕様らしい。

上がっていくシャッターの隙間から薄く光が射し込んでくる。地下なのに、どこに光源があるのだろう、などと考えながら、2Bは改めて周囲を見回した。

部屋の中には、椅子とも台座ともつかないものが並んでいる。どれも「何か」が置いてある。何気なく覗き込んだ2Bは息を呑んだ。

干涸らびた生き物の死骸だった。地上で目にしてきた、どの生き物とも異なる姿の。

「エイリアン……？」

どの椅子にも、同じ形の死骸が座っている。ずり落ちそうで、ずり落ちない、中途半端な姿勢のままで。

「2B！　あれ！」

窓の外を見ていた9Sが叫んだ。いつの間にか、シャッターが全開になっていた。だから、2Bにもはっきりと見えた。9Sの指さす先にあるそれが。

「船？　エイリアンの？」

正確には、船だったと思しき残骸、だ。

「破壊されてる……」

墜落して大破したのではないと一見してわかる。船体には巨大な槍のようなものが何本も突き刺さっていた。エイリアンの船は何者かと戦い、敗れた。おそらく、この場所も施設ではなく、船なのだろう。こちらは破壊こそ免れたようだが、ここに乗り込んでいたエイリアン達はすべて死んだ。

改めて周囲を見回してみる。規則的に並んだ椅子にもたれかかるようにして死んでいるエイリアン。ここへ来る途中、9Sが言った「地下墓地」という言葉を思い出す。これではまるで……と考えたときだった。

「ようこそ。我が創造主の墓場へ」

墓場。2Bが今、まさに思い浮かべた単語だった。しかし、全く聞き覚えのない声だった。急いで声の主を探した。視線が固まるのを感じた。

「オマエ達は！」

視線の先にいたのは、二人の男。「マンモス団地」の縦穴で遭遇した敵、アンドロイドに酷似した外見を持つ機械生命体だった。

足音はしなかった。自分達だけでなく、ポッド二機も無反応だった。これではまるで、彼らがいきなりこの場に現れたかのようではないか。いや、そんなことはどうでもいい。この前のような音波攻撃を仕掛けられる前に、破壊しなければ。

「ポッド！」

042に援護射撃をさせ、2Bは跳躍した。抜くと同時に斬りつける。刃が男を捉えたと思った。捉えたはずだったのに、刃は行き先を失っていた。男が消えたのだ。

「乱暴だなあ」

背後で男が笑っている。以前とはまるで違う表情と、流暢（りゅうちょう）な発語だった。上半身には何も付けていないものの、下半身には服を纏（まと）うことを覚えたらしい。片方の男は髪を短く刈り込み、もう片方は長いまま、裾だけを切り揃（そろ）えていた。まるで、どちらがどちらなのか、区別をつけようとしているかのように。

「なぁ、にぃちゃん。こいつら、殺していい？」

短い髪の男の口調は、長い髪の男のそれより平板に聞こえた。

「イヴ。落ち着け。まだ話は終わっていない」

諭すように言った後、長い髪の男が２Ｂ達のほうへ向き直った。口許に薄く笑いが浮かんでいる。

「私の名はアダム」

アダム？　長い髪の男がアダムで、短い髪の男がイヴ？

「君達アンドロイドが探しているエイリアンは、もういない。何百年も前にこいつらは……私達機械生命体が絶滅させた」

「絶滅させた？　機械生命体が？」

アダムと名乗った男が意味ありげな笑みを浮かべる。

「今度、絶滅するのは……君達アンドロイドかな？」

言葉の代わりに斬りつける。こいつらとの会話など無意味だ。パスカルの言うように、対話することでしか相互理解が得られないのだとしたら、そんなものは要らない。こんな奴らを理解しようとは思わないし、理解されたいとも思わない。

「２Ｂ！　気をつけてください！」

またしても、切っ先の向かう先からアダムの姿は消えていた。傍らにいたイヴの姿も。

「機械生命体は自己進化を繰り返して、強化されていく兵器だ」

あざ笑うような声が背後から聞こえた。どうやら、彼らには空間転移能力があるらしい。確かに進化している。それも、驚異的な速度で。

「ネットワークの上に芽生えた知性が、創造主のそれを凌駕するのに、大して時間は必要としなかった」

「だからって、自分達の創造主を倒すなんて……」

9Sが絶句した。創造主たる人類のために命懸けで戦っている自分達にとって、あまりにも理解し難い行為だ。

「いいんだよ。こんな奴ら。植物のように単純で、くだらない構造の生き物だ。価値なんか無い」

アダムの視線がエイリアンの死骸に向けられた。一瞬で凍り付いてしまいそうな冷たさと、一瞬で焼き尽くされそうな憎しみとが垣間見えたのは、気のせいだろうか？

しかし、それらはすぐに消え去ってしまった。アダムは再び、捉えどころのない表情を浮かべて言った。

「私達が興味あるのは、月にいる人類」

「人類⁉」

「そう、人間は魅力的だ」

アダムが芝居がかった仕種で両手を広げる。

「記録によると、同じ種族で大量に殺し合ったり、かと思えば、愛し合ったり。その行動原理は目を見張る不可解さだ。私達は、その神秘に迫りたいんだよ」

その陶然とした表情に、不快感を覚えた。機械のくせに、まるで感情があるかのような物言いではないか。不可解？　神秘？　機械に何がわかる？

「だから、その模倣作品であるアンドロイドの諸君には、調査を手伝ってもらいたいと思っている」

その思わせぶりな口調に、嫌悪感を覚えた。機械のくせに、ふざけたことを。

「月にいる人類を引きずり下ろして、生きたまま分解して、分析して……その秘密の全てを暴く。こんな素敵な事、他には無いよねぇ？」

怒りが膨れ上がる。身の内で何かが暴れ出す。が、先に怒りを爆発させたのは9Sだった。

「そんな事、やらせる訳ないだろうッ！」

9Sの手から長剣が放たれる。アダムめがけて飛んだそれは、やはり標的を失い、虚しく壁を叩いた。

「交渉は決裂、という訳だ」

9Sが再びアダムへと向かっていく。

「滅ぼすしかないな。君達を。ここにいる退屈な宇宙人同様に」

2Bの前にイヴが立ちはだかる。軍刀を振り下ろす。今度は手応えがある。だが、やはり傷を負わせるには至らなかった。イヴの周囲に防壁が展開されている。

力任せに軍刀を叩きつけた。何度も、何度も、叩いた。怒りで目の前が赤く見える。イヴを守っていた透明な壁に亀裂が走る。切っ先をねじ込む。刃が届く。

しかし、イヴは2Bの刃を蹴り返した。柄を握る手に衝撃が来る。強烈な蹴りだった。イヴの口の端が吊り上がる。笑っているのだ。

軍刀を振り下ろし、弾き返され、また振り下ろす。怒りが止まらない。人類を引きずり下ろす？　調査する？　機械のくせに。機械のくせに。機械のくせに……。

どれくらいの間、それを繰り返したのだろう。そろそろ時間だ、という声を聞いた。イヴの口許に浮かぶ笑いが変化した。やくそく、と言ったのだろうか。あの口の形は。心底うれしそうな笑みに、２Ｂは戸惑った。

微笑みごとイヴの姿が消えた。またも空間転移だった。９Ｓからも２Ｂからも離れた場所に、アダムとイヴが並び立つ。戦いはここまでだ、と言わんばかりに。

「これが、私達の創造主の末路」

アダムが大仰な動作でエイリアンの死骸を指さす。イヴが小馬鹿にしたように肩をすくめた。

「オマエ達が信じる人間は、どうかな？」

次の瞬間、アダムとイヴは消えた。振り返っても、周囲を見回しても、彼らの姿を見出すことはできなかった。

＊

設置されたばかりの転送装置を使って、バンカーへと帰還した。９Ｓの話によると、飛行ユニットを使わずに地上とバンカーを行き来する手段として、以前から技術部で開発が進められていたらしい。

地上に義体を残したまま、自我データだけをバンカーのボディに転送する。再び地上に降下する際は、地上側のボディに自我データを戻せばいい。飛行ユニットで物理的に降下するのとは異なり、行うのはデータ転送とボディの構成だけだから、所要時間が大幅に短縮できる。

何より、降下中に攻撃されずに済む。降下作戦のたびに、コストの高い飛行ユニットが破壊されるのは、司令部にとって頭の痛い問題だった。転送装置があれば、その問題は解決する。

しかし、転送装置の実用化までに、技術部はどれだけの開発期間を要したのだろう？　あのアダムとイヴという機械生命体は、空間転移能力を易々と使いこなしていた。彼らが生み出されてから、まだ幾らも経っていないというのに。

『機械生命体は自己進化を繰り返して、強化されていく兵器だ』

彼らはこの先も進化していくのだろうか。だとしたら、一刻の猶予もならない。手が着けられないほどの進化を遂げる前に倒す。自らの創造主を滅ぼすような連中を放置しておくわけにはいかない……。

ただ、これはあくまで一兵士の見解だった。判断を下すのは司令部であり、場合によってはさらに上の人類会議の裁定を待つことになるかもしれない。

「……以上がエイリアンシップの報告です」

2Bの報告を聞いた司令官は、「そうか」と低くつぶやいた。その短い言葉の間に、どれだけ多くのものが去来したのだろう。長い間、作戦の指揮を執ってきた司令官である。何千年も前ずだ。

にエイリアンが絶滅していたという事実を突きつけられた衝撃は、２Ｂや９Ｓの比ではないは

「この情報は、人類会議の結論が出るまでは、最高機密として扱う事にする」

しかし、司令官の表情にも言葉にも動揺の色は微塵もない。くれぐれも他言のないように、と淡々と続く声は、いつもと何ひとつ変わらなかった。

「それから、君達二人には、『パスカル』という名の機械生命体の調査を命ずる」

「ええっ⁉」

予想外の命令に、９Ｓがあからさまに不満そうな声を出す。

「あの怪しい感じの機械生命体をですか？」

できることなら御免被りたい、と内心で考えているのが手に取るようにわかった。司令官の前でなかったら、「貴方は感情を出しすぎ」とたしなめるところだ。ヨルハ隊員として推奨される行為ではないと、これまでにも何度か注意してきた。

「月面の人類会議からの通達だ」

司令官の言葉はにべもなかった。

「特殊な個体の調査は、今後の作戦の重要な資料となる」

「了解しました」

２Ｂが答えても、９Ｓはまだ不服そうな顔をしていた。

Another Side "A2（エイトゥ）"

機械の声がした。守るのだ、と聞こえた。ここの機械には「守るモノ」があるらしい。何かを守る為に戦う。そんな戦い方をしなくなって久しい。守るべきモノなんて、今の私には無い。仲間はみんな死んでしまった。信じていた相手も、今では敵だ。

自分以外のモノは全て壊す。戦う理由はひとつだけ。破壊。余計な事は考えずに、ただただ壊すだけ。


森の王の為に、という声が聞こえた。遠くから見れば、ただの森林地帯だが、ここは王とやらが君臨する「森の国」だと思われる。機械連中の言葉を繋ぎ合わせていくと、そういう事になる。

ここの機械生命体は、他のエリアの機械よりも攻撃的で、しぶとい。機能的には他の機械と大差無いように見えるのに、接触から殲滅に至る時間が明らかに長く、手間もかかる。

最初はそれが不思議だった。けれども、「守る」という言葉を聞いて腑（ふ）に落ちた。守る為の戦いがどれほど兵士を強くするか、私は知っている。私自身がそうだったからだ。

ヨルハ機体試作型、アタッカー二号。近接戦闘に特化した機体でありながら、私は凡庸な兵士だった。白状すれば、戦いが苦手だったのだ。

そんな私が真珠湾降下作戦のメンバーに選ばれた事自体、あの作戦が「実験」だったと証明している。間抜けにも、当時の私は「過大な期待をかけられた」のだと思い込んだ。

必死だった。仲間の足手まといにならないよう、司令部の期待に応えられるよう、必死に戦場を駆け抜けた。苦手だろうが何だろうが、戦うしかなかった。私には守るべき仲間がいた。同じヨルハ部隊のメンバーと、地上で合流したレジスタンス達と。凡庸な私が強くなれたのは、彼女達を守りたかったからだ。


王の恩義に報いるべし、と叫びながら、機械共が突っ込んでくる。統率のとれた動きだった。他のエリアの機械生命体より厄介だ。

機械共が隊列を組んでの行進や突撃の練習をしている光景を目にしたのは、森林地帯に足を踏み入れた直後だった。

正直なところ、驚いた。機械が戦闘訓練を行うなど、思いも寄らなかった。訓練というものは、それなりの判断力や思考力を持つ者が行うものであって、コマンドどおりに動くだけの機械が行うものではない筈だった。

驚きはしたが、そんな事もあるかもしれないと思い直した。自我を持ったアンドロイドを戦場に放り込み、データを取った後は処分するなどという非道な事を司令部はやってのけた。そんな血も涙も無いようなアンドロイドがいるのだから。いや、実際には人間の血に似た赤い液体と、人間の涙に似た透明な液体に過ぎない訳だが。それはともかく、戦闘訓練を行う機械らしからぬ機械だっているだろう。

ヨソ者が来た、王様を安全なところへ、と騒ぐ声がする。次第に警戒が厳重になっていく。つまり、このルートが正解という事だ。この先には、ここの機械生命体達にとって重要な場所がある。おそらく「森の王」の玉座が。

隊列を切り崩し、はみ出したモノから順繰りに倒す。一体一体、確実に潰していく。時間はかかるが、仕方がない。こちらにも仲間がいれば、もっと効率のよい戦い方ができたかもしれない。考えても詮無い事だけれども。

一人で戦うのは非効率だが、良い面もある。誰にも裏切られずに済む、という事だ。誰からも情報をもらえないけれども、偽りの情報に踊らされる事もない。猜疑心に苛まれる事もない。誰が敵で誰が味方か、判断に悩む事もない。

考えようによっては、気楽なものだ。わかりやすくていい。世界中の全てが敵、という状況は。

侵入者発見、と遠くで声がする。イヤな予感がした。もしかしたら、侵入者は私以外にもいるのかもしれない。そして、私以外のアンドロイドの目的は、森林地帯の機械生命体の駆除ではなく、脱走兵アタッカー二号の捕獲かもしれない。

だとしたら、面倒だ。手当たり次第に機械を破壊しながら、王の玉座とやらに向かうつもりだったが、予定変更だ。戦闘は最低限に止め、なるべく痕跡を残さないようにしながら、玉座へ向かう。ザコを狩るのは、リーダーを潰した後でいい。統率のとれた群れほど、頭を潰されると脆いからだ。

その後であれば、追撃部隊の相手をしてやってもいい。会わずに済むなら、それに越した事はないが。

ここを通す訳にはいかねえ、と声がした。私に向けられた声ではない。

谷に架かる橋の向こうに城が見える。その橋を守る機械生命体と、アンドロイド二体が戦っていた。

「油断しないでください！」

「それはこっちの台詞。気をつけて、9S」

九号S型か。高性能スキャナーモデル。という事は、もう片方は私と同じ顔を持つ処刑モデルだろう。

また、あいつらが差し向けられたのか。何度返り討ちにすれば諦めるのだろうか。いい加減、うんざりだ。私の戦闘データを元に処刑モデルを作って追撃させるなど、悪趣味極まりないと思っていたが、単に司令部は頭が悪いだけなのかもしれない。

「避けて、2B(トゥビー)!」

2B? E型ではなく? だったら、追っ手ではなくて、単に機械生命体を駆除する為に派遣されたヨルハ隊員かもしれない。

私は彼らが戦っている隙に、そっと橋を渡り、城へと向かった。


城壁をよじ登り、上階から王の居場所を探した。やはり、一人より二人のほうが戦闘も早く片付くからだろう、例の二人は既に王の部屋にいた。このままやり過ごそうと、私は天井近くに身を潜めて、彼らの様子をうかがった。

「これが王様?」と、二人は顔を見合わせるばかりで、手を出そうとしない。何をぐずぐずしているのか。まどろっこしくなって、私は飛び降りた。小さな機械生命体めがけて、剣を向けながら。

狙いは過(あやま)たなかった。串刺しにした機械生命体を放り投げる。これで用は済んだ。

「2B! あれ、アンドロイドだよ! しかも、ヨルハタイプじゃないか!」

やはり追っ手ではなかった。私の顔を知らない、という事は。傍らの四角い箱が「破壊を推奨」と決まり文句を垂れ流している。それに対する二人の反応が正反対で、何やら可笑(おか)しい。

「破壊？　どうして！」

「9S、行くよ」

「2Bッ！」

なるほど、二号のほうは殺る気満々って訳か。いいだろう、そっちがその気なら、受けて立つ。何度でも、返り討ちにしてやる。

四角い箱からは、聞きたくもないクソッタレな声が流れてくる。

『バンカーより、2B・9Sへ。指名手配中であるA2のブラックボックス信号をこちらで探知した。おまえ達の前にいるのは敵だ。奴は脱走兵だ。何体もの追撃部隊を破壊している！　うかうかしていると、殺されるぞ！』

そうだな。私はお前達を何度も破壊した。誤解を招く表現ではあるが、司令官サマのお言葉は間違っちゃいない。いくつかの事実を隠蔽しているだけで。

でも、と9Sが戸惑い気味につぶやくのが聞こえた。今までとは反応が違う。そういえば、2E(トゥイー)、いや、2Bの様子も今までとは違って見える。彼女の表情に、何かが足りない気がする。強いて言えば、活力のようなものが。どこか投げやりで、何かを諦めたような……。

ああ、そうか。あれは私だ。私と同じ顔の二号モデルが、私と同じ表情を浮かべているのだ。

私は攻撃を止めた。もういい、と思った。二人から距離を取り、窓へと跳ぶ。9Sの叫びが背後から追いかけてくる。

「どうして……どうして裏切ったんですか!?」

答える義務も義理も無い。けれども、聞き流せなかった。私は背を向けたまま、答える。

「裏切ったのは、司令部だろう?」

9Sがどんな顔をしたのかは知らない。知りたくもなかった。私は窓を蹴って飛び降りた。

第四章

NieR:Automata 長イ話

2Bノ物語／離反

「バンカー、こちら9S。司令官に繋いでください」

『バンカー了解。司令官に接続します』

「司令官。ターゲットA2の破壊に失敗しました」

何体もの追撃部隊を破壊しているという司令官の言葉どおり、旧型でありながら手強い相手だった。あのまま戦い続けていたらと思うと、少しばかり背筋が寒くなる。

しかし、戦闘はA2の逃走によって幕切れとなった。窓から飛び降りたA2を追いかけたが、どういう逃走経路を使ったのか、追跡しきれなかった。

『しかし、二人が無事で良かった。あれは非常に危険な個体だ。迂闊に近寄らないほうがいい』

あの、と9Sが躊躇いがちに口を開く。

「脱走って……いったい何が？」

9Sが口にした疑問は、2Bの疑問でもあった。脱走というだけでも穏やかな話ではないのに、同じ二号モデルである。自分と同じ顔のアンドロイドが過去に何をしたのか、気にならないはずがない。

それに、彼女は去り際に妙なことを言っていた。裏切ったのは司令部だろう、と。あれはどういう意味だったのか。

『その情報は機密事項になっている。教えられない』

機密事項。嫌な言葉だ。この言葉が絡むと、ろくなことがない。もちろん、組織というものに機密が必要であることは理解している。それでも、自分にとっては、決まって不愉快なものを連れてくる言葉だ……。

「2B」

9Sに呼ばれて、我に返った。いつの間にか、司令官との通信は終わっていたらしい。

「パスカルにA2の情報を聞きに行こう。何か知っているかもしれない」

その可能性は充分にある、と2Bも思う。森の王国のことを教えてくれたのは、パスカルだ。もしかしたら、A2は以前から森の王国に出没していたかもしれない。だとしたら、あれだけ危険なアンドロイドの存在をパスカルが把握していないとは思えない。

ただ、先日のパスカルの村での聞き取り調査は、司令部の命令だった。特殊な機械生命体のデータは貴重な資料になるから収集しておくように、と司令官に言われたのだ。しかし、今回は違う。今から9Sが行おうとしているのは、任務でも何でもない。むしろ、独断による敵との接触だ。止めるべきではないのか、と思った。

それでなくても、このところ、まずい事態が重なっていた。先達て(せんだって)の脱走兵の一件である。

数日前、司令部から、レジスタンスキャンプで多発している盗難事件の犯人を確保するように、との命令が下った。しかし、それは表向きのこと。2Bだけに極秘に知らされた指令の内容は違った。脱走兵8B(エイトビー)、22B(トゥトゥビー)、64B(シックスフォービー)の追跡と処刑。確保ではなく、破壊命令である。

何も知らない９Ｓは、スキャナータイプの探索能力を駆使して彼女達を探し出した。そして、捕縛命令が出ていると告げた。当然のことながら、彼女達は反撃に出た。脱走兵が捕縛されれば、その後は処刑しかない。彼女達には追っ手を振りきって逃げる以外の選択肢はないのだ。そして、２Ｂは彼女達を破壊した。相手のほうから攻撃してきたのだから、破壊も已むなし、という体を装って。

筋は通っていたはずだ。けれども、勘の鋭い９Ｓは「何かがおかしい」と気づいたのだろう。レジスタンスキャンプに引き返すと、アネモネに「盗難事件」の詳細を尋ねた。もちろん、アネモネが知っているはずもない。盗難事件など最初からなかったのだから。

９Ｓはオペレーター２１Ｏ（トゥ・ワン・オー）に連絡を取り、盗難事件の情報が欲しい、と言った。しかし。

『その事件は、機密事項になっています。教えられません』

傍（かたわ）らで見ていて、まずいと思ったが、２Ｂには手をこまねいて見ているしかなかった。

『９Ｓ、気をつけて』

２１Ｏは８Ｂ達が脱走兵だということも、事件がでっち上げだということも知らない。けれども、やはりおかしいと感じていたのだろう。だから、９Ｓに用心するように忠告した。その親切な忠告は、９Ｓに芽生えつつあった司令部への不信感を助長したに違いなかった……。

「２Ｂ？」

「何でもない。わかった。行こう」

結局のところ、２Ｂは９Ｓを止めなかった。もしも、ここでパスカルとの接触に反対したとしても、それで９Ｓが諦めるとは思えない。それがスキャナータイプの特性だからだ。おそらく、９Ｓは２Ｂに内緒でパスカルとの接触を図ろうとするだろう。それだけは避けたい。

「パスカル。こちら、９Ｓ」

君に聞きたいことがあるんだ、という９Ｓの声を、２Ｂは複雑な思いで聞いていた。

*

しかし、パスカルからはたいした情報は得られなかった。通信を傍受されることを警戒して、直接出向いていったにも拘わらず。

「このＡ２というアンドロイドですが、私達の過去記録にもありますが、直接この村に来る事はありませんね」

危険なアンドロイドとして認識していますが、とパスカルが遠慮がちに付け加えた。

自力で歩くこともままならないような、小さな機械生命体を刺し殺したＡ２の姿を思い出す。彼女からは一片の躊躇いも感じられなかった。加えて、あの強さ。ヨルハ型の最新機種である自分達と互角以上に戦っていた。機械生命体側からすれば、危険極まりないアンドロイドだろう。

「すみません。私が知っているのはこれくらいです」

そう、と答える９Ｓの横顔には、落胆の色がはっきりと現れていた。

パスカルの村を出て、廃墟都市へ続く近道を、９Ｓは失望した様子で歩いて行く。時折、考え込んでいるように見えるのは、「次の一手」を考えているのだろうか。だとしたら、危険だ。

9S、と2Bは呼び止める。

「なぜ、A2の情報をパスカルに聞いたの？」

やはり止めておくべきだった、余計な接触をさせるのではなかったという後悔の念からか、つい詰問口調になってしまう。

「司令部に許可無く機械生命体にアクセスするのは推奨されない」

純粋な好奇心から出た行動だったとしても、司令部がそれを問題視しないとも限らない。まして、今回の動機は好奇心ではなく、不信感である。万が一、司令部の知るところとなったとしたら……。

「ごめんなさい」

9Sのしょげ返った様子に、2Bは狼狽した。言い方がきつすぎただろうか。何かと詮索したがるのはスキャナーモデルの特性なのだから、本人にはどうしようもないことなのに、責めるような言い方をしてしまった。2Bは急いで「でも」と付け加える。

「そういう好奇心旺盛なところは、嫌いじゃないよ」

たとえ、その好奇心が諸刃の剣であったとしても。

「ありがとう、2B」

9Sの口許が少しだけ綻ぶ。好奇心旺盛で、素直で、明るくて……まるで地上に注ぐ陽射しのような、仲間。

だから、間違えないで、と強く願う。その好奇心を向けていいのは、敵の機械生命体に対してだけ。決して他のものには向けないで。間違っても味方を……司令部を疑ったりしないで。

「レジスタンスキャンプに戻ろう。機体のチェックと補給が必要だから」

何もかも無駄かもしれない。また同じことを繰り返すだけかもしれない。それでも。

君との約束だから、と2Bは心の中でつぶやいた。

*

「A班からC班は沿岸警備、D班及びE班は陸上輸送路の確保。それから……」

レジスタンスキャンプに戻ると、アネモネがメンバー達を集めて忙しく指示を出していた。いつになく、人の出入りが多い。

「2B、9S。ちょうどいいところに来た」

何かあったのかと、こちらから尋ねるまでもなかった。補給作戦なんだ、とアネモネは説明を始めた。

「我々アンドロイド軍が太平洋に展開している空母があるんだが、それが近々戻ってくる」

ああ、と9Sが思い出し顔になった。地上での情報収集を主な任務としている9Sは、他地域の戦況や配備にも通じている。

「空母ブルーリッジですよね。聞いた事があります」

「ブルーリッジⅡだ。話が早くて助かる」

「空母の護衛なんですか？」

「いや、君達にお願いしたいのは、海岸沿いに配備されている補給用ミサイルのほうだ。最近、あの辺では機械生命体の出没が多数報告されていてね。おそらく、我々では手に負えない。だが、君達なら」

任せてください、と9Sが得意げに言う。

「僕達は最新モデルですからね。A2みたいな旧型とは違って」

即座にA2の名前が出て来たのは、ずっと頭の片隅に引っかかっていたからだろう。もっとも、その旧型モデルのA2に苦戦させられたばかりなのだが。

「A2？　アタッカー……二号？」

不意にアネモネの顔色が変わった。

「もしかして、アネモネさん、A2を知ってるんですか？」

「い、いや。そういう訳じゃない」

アネモネは否定したが、おそらく嘘だ。顔の半分近くをゴーグルで覆い隠しているヨルハ隊員と違って、レジスタンスは表情がわかりやすい。

「少し気になっただけだ」

これも嘘だろう。明らかにアネモネは動揺している。A2とアネモネの間に何かあったのだろうか？

「まあ、そういう事で、よろしく頼む。ヨルハ部隊の任務があれば、そちらを優先してもらって構わない」

アネモネは話を切り上げ、踵を返した。その後ろ姿からは、さすがに何も読み取ることはできなかった。

＊

補給用ミサイルが配備されているエリアは海岸沿いにあり、通称を「水没都市」という。その呼び名のとおり、大半の建物が海中に没してしまっていた。

「この辺りは、前回の大戦争のときに地盤が破壊されてしまって、街全体が沈下しつつあるんですよね」

辛うじて水没を免れている建物は、元はそれなりの高層建築物だったのだろう。それが今では、屋上部分しか水の上に出ていない。

現在も陸地である部分にしても、少しずつ沈下が始まっているらしく、土が湿り気を帯びていた。泥状になっている場所もあり、足許が悪い。

アネモネの情報どおり、陸地にも、水没した建物の屋上にも、機械生命体が多数徘徊していた。歩行型に飛行型、小型、中型と、まるで見本を並べているかのようだ。それらを片っ端から破壊しながら、補給用ミサイルの設置場所へと向かう。

快晴だった。陽光を乱反射させている海面が目に痛く感じるほど。不思議なことに、ここを訪れるときは、いつもいつも晴れていた。そして、決まって9Sが言うのだ。「絶好の釣り日和ですね」と。

海洋調査以外の名目でここに来たのは初めてかもしれない、などと考えていたときだった。

ポッドが通信画面を表示した。緊急通信だ、と司令官の声がする。

『君達も知ってのとおり、我々が保有する空母が補給の為に寄港予定だ。しかし、その空母が機械生命体達の襲撃を受け、交戦状態に入っている。既に廃墟都市方面に駐留中の全ヨルハ部隊に連絡をしているが、君達にも援護に参加して欲しい。マップデータ及び飛行ユニットを転送する。以上』

通信が終わるのを待っていたかのように、上空から飛行ユニットが急降下してくるのが見えた。通信を入れる前に、バンカーから射出していたのだろう。

「司令官って、本当に人使いが荒いですよね」

9Sがため息をつく。周辺の機械生命体を駆除して、やっと一息ついていたところなのにと言いたげに。気持ちはわからなくもないが、今は緊急時である。2Bは9Sを窘めた。

「そういう事ができる人じゃないと、リーダーは務まらない」

群れとして動くためには、個々の事情など慮っていられない。細かいところは目をつぶり、全体としてどう動くかを考える。何を残し、何を切り捨てるかを瞬時に判断し、実行した後にはその責任すべてを負う。司令官はそういう人なのだと2Bは知っている。

「なるほど……とは思いますけど」

9Sはまだ言い足りない様子だったが、2Bは構わず飛行ユニットに乗り込んだ。

＊

空母ブルーリッジⅡが苦戦しているのは、一見してわかった。飛行型機械生命体が空母の周囲に群がり、引っ切りなしに攻撃を続けている。

『蚊柱みたいだ』

「かばしら？」

『小さな虫が集まって飛んでる様子を表す言葉で……』

「何でもいい。破壊する」

飛行ユニットを機動形態に変え、2Bは機械生命体を片っ端から薙ぎ払った。下方に目をやれば、大破した護衛艦が波間を漂っている。小回りの利かない護衛艦では、この数に対応しきれなかったのだろう。かといって、空母の艦載機では数が足りない。

『2B！　大型の敵、反応があります！　東南の方角です！』

上空から、大型飛行兵器が接近してくるのが見えた。その形状は、以前、海洋調査で捕獲した「カブトガニ型機械生命体」に酷似していた。もっとも、似ているのは形状だけで、大きさのほうはまるで違っていたが。

2Bは飛行ユニットを急旋回させた。大型兵器の火力であれば、空母を一撃で大破させることができる。射程圏内に入る前に排除しなければ、空母が危ない。

「9S！　上昇して！」

大型兵器が機雷を撒き散らしていたのだ。上空は小型兵器の群れが鬱陶しいが、機雷ほどの破壊力はない。

小型兵器を払い除けながら、大型兵器に接近した。砲台を破壊し、追いすがる小型兵器を薙ぎ払い、また大型兵器を攻撃、というのを幾度となく繰り返す。

「敵飛行兵器の破壊を確認」

カブトガニ型の機体が大きく傾き、周囲の小型兵器を巻き込んで墜落した。再浮上する兆候はない。

「これより空母の支援に移行する」

『ちょっと待って！　まだ大型の反応が残ってます！』

9Sは何を言っているのか。たった今、大型兵器は破壊した。完全に沈黙したのを確認したばかりである。

『いったいどこに⁉　こんな大きな……』

9Sの悲鳴にも似た声を轟音がかき消した。同時に、目の前の海面が急激に盛り上がった。爆発で水柱が上がったのかと思ったが、違った。

波頭がブルーリッジⅡを押し上げ、易々とひっくり返した。膨れ上がった海の水が船体に絡みつくのを見た。海の水ではなく、海中に潜んでいた「何か」がブルーリッジⅡに嚙みついたのだと気づいた。

次の瞬間、船体が真っ二つに折れ、海中へと叩き込まれた。

「何、あれ!?」

それは、あり得ない大きさの敵だった。これまでに見たどの巨大兵器よりも大きい。三つの大きな目と、その下に小さな目が四つ。そこに帯びる光は、敵意を表す赤。

『怪獣……』

9Sの言葉は正鵠(せいこく)を射ていた。非常識な大きさと力を持つ、機械の獣。一瞬で空母を噛み砕いて残骸に変えた。あの一撃だけで、この先の戦況が予測できてしまう。

どうする? どうやって、この圧倒的に不利な状況をひっくり返せばいい?

2Bは、爛々(らんらん)と光る赤い眼を睨みつけながら、答えを探した……。

予想どおりに、否(いな)、予想を遥かに上回る難敵だった。

まず、飛行ユニットによる射撃が全く通用しなかった。怪獣の体表を電磁波による防壁が覆っていたのである。衛星からのレーザー攻撃でさえ跳ね返すほどの防壁だった。

そこで、防壁のない場所、怪獣の口の中に、迎撃砲を使って物理砲弾を撃ち込むというやり方を試した。レーザーのように跳ね返されはしなかったものの、ダメージを与えるには至らなかった。

しかも、その直後、目を疑うような事態が待っていた。怪獣が立ち上がったのである。直立してみると、それは非常識な大きさの人型兵器だった。これまで本体だと思っていたのは、頭部に過ぎなかったのだ……。

打てるだけの手は打った。衛星レーザーという強力な攻撃も、口の中への物理砲弾という奇策に近い攻撃も、悉く外れた。

「こんな敵、どうやって倒したら……」

2Bと同じ言葉を、友軍の誰もがつぶやいていたに違いない。

怪獣は止まらなかった。山のような巨体の周囲に、白い火花が不規則に散るのが見える。放電しているのだ。振動が伝わってくる。廃墟都市を陥没させた鳴動にも似た、しかし、あのとき以上に不穏な気配を感じる。

『まずいですよ！　離脱しましょう！』

怪獣が巨体を揺すって突っ込んでくる。退避しようとしたが、間に合わなかった。吹き飛ばされるのを感じた。地面に叩きつけられ、大破するのを覚悟した。

けれども、その瞬間は来なかった。衝撃の代わりに、ふわりと何かに受け止められた感触がある。

「大丈夫ですか、2Bさん」

「パス……カル？」

見れば、9Sの飛行ユニットも空中で機械達に受け止められている。パスカルの村の住民達だった。

「ありがとう。助けてくれて」

機械に感情などあるものかと思っていた。平和主義者を名乗るなんて胡散臭い、とさえ思った。危険のない相手だとわかった後も、いや、わかったからこそ、戸惑いが先に立って信じきれなかった。その相手が助けに来てくれた……。

安堵感と同時に不安がわき上がった。その正体を見極めるのが怖くて、２Ｂは殊更に目の前の危機、怪獣を睨みつける。

「あの巨大な機械生命体は、過去に廃棄された兵器なのです」

安全な場所へと離脱しながら、パスカルが怪獣の正体を教えてくれた。

「当時は私も機械生命体のネットワークに組み込まれていたから覚えているんですが。上陸した途端に暴走し、敵味方の区別なく攻撃を始めたんです。我々もそれを止める事ができず、結局、深海に投棄する事になりました」

そういえば、と９Ｓからの通信が入る。

『司令部に敵の情報を開示してもらったんですが、三二〇年前に上陸が確認されてます。護衛部隊のレジスタンスが全滅したとか』

「つまり、上陸を阻止しなくては、再び惨劇が起きる、という事か。でも、どうしたら……」

飛行ユニットに搭載された火器は全く通用しなかった。衛星レーザーでさえ電磁波防壁に遮られた。ならば、ブラックボックス反応を利用した自爆でも、破壊しきれないだろう。止めるなんて、果たして可能なのだろうか？

『ミサイルだ！　空母に搭載予定だったミサイル！』

９Ｓが叫んだ。

口腔内への物理攻撃なら、跳ね返されないことは先刻の砲弾で実証済みである。幸い、防衛対象だったミサイルは今も無傷のままだ。

『使用できないか、試してみます』

ミサイルのコントロールには、プログラムへの干渉が必要になる。

「わかった。援護する」

9Sの飛行ユニットがミサイル発着場へと一直線に飛んでいく。2Bは9Sの進路を確保するために、追いすがる小型飛行兵器を薙ぎ払う。

数が減ってきたとはいえ、小型の敵はまだまだ残っている。こういうのを蚊柱と呼ぶんだっけ、と頭の片隅で9Sの説明を思い出す。

片っ端から小型兵器を撃ち落としていると、ミサイルが起動するのが見えた。発射台の角度が変わる。ミサイルの真横に9Sの飛行ユニットが取り付く。発射可能、というポッド153の音声が通信で入ってくる。

『発射！』

推進力を全開にして、弾道上から離脱した。ミサイルが怪獣めがけて飛ぶ。

威嚇するつもりなのか、怪獣が大きく口を開ける。まさにその口腔内へ、ミサイルが着弾した。

怪獣がもがくように巨体を揺する。雷鳴にも似た咆哮が轟く。すさまじい声だった。もう少し距離を取ったほうがいいのではないかという思いが脳裏をかすめた瞬間、視界が真っ白になった。

爆発に巻き込まれたと気づくと同時に、闇がやってきた。

最初に聞こえたのは、ノイズだった。やがて、それは規則正しい波の音に変わった。

「う……」

目の前に、砂と錆の色がある。うつ伏せに倒れていたのだ。２Ｂはゆっくりと身体を起こした。多少ふらつくが、歩行に支障を来すほどではない。

振り返ると、沖合に不格好な岩山が見える。怪獣の残骸だった。直立したまま焼け焦げて、あちこちから白煙が立ち上っている。活動を停止しているのは明らかだった。

同時に、記憶が巻き戻る。怪獣の口の中へと着弾したミサイルと、その直後のＥＭＰ爆発と。９Ｓはミサイルのコントロールに成功したのだ。

しかし、その９Ｓの姿がない。パスカルとその仲間達の姿も。

「バンカーに通信。こちら２Ｂ。応答せよ」

９Ｓと合流する前に、状況を把握しておかなければと思った。

『２Ｂさん⁉　こちらオペレーター！　大丈夫ですか⁉』

日頃からテンションの高い６Ｏだが、よほど慌てているのか、今日はとりわけ声が高い。

「現在、ボディチェック中。基本機能に問題は見られず」

『良かった……』

６Ｏの吐く息の音まで伝わってくるほどだった。そこまで心配することもないのにという苦

笑が半分、そこまで心配させてしまったという申しわけなさが半分、そんな思いを抱きつつも、
2Bは努めて冷静な声を出す。

「それよりも、状況を教えて欲しい」

『わかりました。海岸に襲来していた超巨大機械生命体ですが、2Bさん達の攻撃によって、八時間前に活動を停止しました』

「八時間⁉　そんなに⁉」

6Oの甲高い声の理由がわかった。八時間も通信が途絶していたのなら、驚きもするだろう。

『EMP攻撃の影響で各地の通信施設が使えなくなってしまって、諸々の連絡及び復旧が遅れている状態です』

あれだけの規模で、しかも単なる爆発ではなく、EMP爆発なのだから、当然といえば当然の状態だった。

「それで、9Sはどこに？」

6Oが一瞬だけ、口ごもる。

「かすかなブラックボックス反応はあるのですが、現在位置を特定できていません」

ブラックボックス反応があるなら、生きている。ただ、現在位置の特定が困難なほど微弱であるとすれば、重傷を負っている可能性が高い。

「9Sの捜索を開始する。司令官に許諾申請を」

『あ、既に命令は出てます。残存ヨルハ部隊の捜索を最優先にするようにと、司令官から』

安堵すると同時に、自分が行動不能に陥っていた時間の長さを改めて思い知らされた。

『2Bさん。9Sさんをお願いします』

了解、と答えて、2Bは走り出した。


海岸での捜索を早々に切り上げ、2Bはレジスタンスキャンプに引き返した。

ポッド042に搭載されたセンサーでは、微弱な信号までは検知できなかったのである。ポッドの説明によると、検知には特殊なスキャナーが必要らしい。幸い、地上ではレジスタンスキャンプでの使用実績があるという。運が良ければ、今も保管されているかもしれない。

アネモネの姿を見つけるなり、2Bは前置きなしで用件を切り出した。

「微弱なブラックボックス信号を検知できる、特殊なスキャナーを探している」

「特殊なスキャナー？」

アネモネはほんの束の間、眉根を寄せたが、すぐに「ああ。大変だったな」とうなずいた。

地上のヨルハ部隊が隊員の捜索に乗り出していることは聞いているのだろう。その捜索の最中に、2Bがキャンプに戻ってきた意味を、瞬時に理解してくれたらしい。

「奴らが作ってた機械だな。ちょうどいい。遠征から戻ってきている」

「奴ら？」

「その辺に、赤い髪のアンドロイドがいるから、訊いてみろ」

「わかった」

アネモネはいつも話が早くて助かる。ところが、回れ右をしたところで、「２Ｂ」と呼び止められた。珍しいこともあるものだ。

「赤い髪のアンドロイドは……」

そこまで言って、アネモネが言葉を切る。

「何？」

「いや、何でもない」

アネモネが何を言いかけてやめたのか、気にならないでもなかったが、２Ｂはそれ以上追及しなかった。今はとにかく時間が惜しい。

辺りを見回してみると、確かに、赤い髪のアンドロイドがいた。ただ、てっきり一人だと思っていたのに、赤い髪は二人いた。と、その片方と視線がぶつかった。

「なんだ、オマエ」

刺々(とげとげ)しい口調だった。毛先が好き勝手な方向に跳ねているのも、毛を逆立てて怒る野生動物を連想させる。

「いきなり喧嘩(けんか)腰はダメじゃない、デボル」

「ポポルは不用心過ぎるんだよ」

そのやり取りで、臨戦態勢だったほうがデボルという名で、それを窘めたほうがポポルという名だとわかった。ポポルのほうは、同じ赤い髪でも直毛で、これもまた性格の違いが現れているように見える。

「ごめんなさいね。何か御用でも？」

「微弱なブラックボックス信号を検知できるスキャナーを探している」

その問いに答えたのは、意外にもデボルのほうだった。

「ああ。そういえば、前にそんなのを作ったな」

さっと立ち上がると、デボルは傍らの荷を引っかき回し始めた。

「ブラックボックス信号の検知という事は、誰かを捜しているのね？」

ポポルが少しだけ首を傾けて尋ねてくる。どうやら、この二人はヨルハ隊員の捜索についての情報は共有していないらしい。「遠征から戻ってきている」とアネモネが言っていたから、連絡が遅れたのだろう。そういえば、薄汚れた格好なのも野営が続いていたからかと納得した。

「あったあった。ほら、こんなので良ければやるよ」

デボルはポッド用の小さなチップを２Bの手のひらに載せた。礼を言うと、デボルは口の両端を急角度で上げて笑った。第一印象の刺々しさが信じられないほど、人懐っこい笑顔だった。

「早く見つかるといいわね」

ポポルのほうは、よくよく見なければわからないほど微かな笑みである。控えめそうな表情や話し方といい、デボルとは正反対だ。同じ髪の色に同じ顔立ちでありながら。

「他にも必要なモノがあれば、言ってね」

「あんまり私達と仲良くしないほうがいいけどな」

「デボルったら……」

ポポルが横合いからデボルをつついている。デボルが「本当の事だろ」と、鼻の頭に皺を寄せた。そのやり取りで、二人が「訳あり」らしいとわかった。アネモネが二人について何か言いかけて、やめたのも、おそらく同じ理由だろう。

別段、その「訳」について詮索するつもりも、こだわるつもりもなかった。司令部から捕縛命令でも出ていれば別だが、そうでないのなら何ら問題はない。誰にだって、言いたくない事情のひとつやふたつはある。……自分自身を含めて。

*

水没都市に引き返し、捜索を再開した。デボルが作ったという特殊スキャナーの精度は高く、前回の捜索では全く拾えなかったブラックボックス信号をいくつも検知した。

瓦礫の陰、水没した建物の隙間など、一見しただけではわからない場所から、微弱な信号が発信されていた。自力で動くことはもちろん、助けを呼ぶことすらできない重傷者達である。

彼女達を見つけるたびに、2Bは論理ウィルスワクチンを投与し、バンカーに位置情報を送って救援を要請した。

しかし、その重傷者達の中に9Sはいなかった。

「ブラックボックス信号は検知できているのに……」

なぜ、位置の特定ができないのだろう。あまりにも微弱すぎるのか、或いは場所が離れすぎているのか……。

「考察：捜索機体の9Sは、海上で巨大爆発に巻き込まれた」

背後にいたポッドが目の前に回り込んでくる。

「提案：捜索範囲の拡大」

「もっと遠くに飛ばされた可能性がある？」

「肯定」

飛ばされたのが陸地側ならいいが、その逆、沖合へと飛ばされたのだとしたら？　その可能性を考えただけで、背筋が冷えた。

「否定」

「まだ何も言ってない」

「9Sに関する現時点での情報は、どれも不確実。故に、不確実な情報で構築した推論によって悲観するのは、無意味」

「……わかった」

確かに、何ひとつ確実な情報があるわけでもないのに、悪い想像ばかりして落ち込むのは、意味のない行為だった。

「それにしても、何だか今日のポッドはよく喋る」

「肯定：私は支援ユニット。必要に応じて会話を行う」

なるほどと思った。ポッドがよく喋るのは、9Sがいないせいだ。いつもなら、隣で9Sが引っ切りなしに何か喋っていた。今は、ポッドが発話しない限り、沈黙が続いてしまう。それはよろしくない、と判断したのだろう。

「提案：2Bの自発的会話を増やす事」

「否定する」

よく喋り、よく笑うのは、9Sの役目だ。誰にもその代わりは務められない。たとえ、同じ言葉を使い、同じ表情をしてみせたとしても、それは9Sではない。少なくとも、自分にとっての9Sではないのだ……。

そんなことを考えながら、波打ち際を歩いていたときだった。折り重なる遺体の下から呻(うめ)き声がした。スキャナーにも反応がある。

「報告：ブラックボックス信号健在。生命活動の維持を確認」

半分海水に浸かった義体を引っ張り上げる。服が水を吸ってひどく重い。乾いた地面の上まで移動させるのは一苦労だった。

「ポッド。チェックモジュールと論理ウィルスワクチンを」

水を吐かせて仰向けにすると、その隊員はうっすらと目を開けた。

「救援信号はバンカーに送ったから。すぐに助けが来ると思う」

「あ……ありがと……」

辛うじて会話は可能なようだ。

「我々は、同行していたヨルハ機体9Sを捜索している。情報があれば、提供してもらいたい」

「9……S……？　ああ。貴女と一緒にいた男の子……」

「どんな情報でもいい。お願い」

「あの子なら……爆発時に飛ばされて……」

彼女は爆発時の9Sを間近に見ていたのだ。方角は、と尋ねる声が震えるのを感じた。水鳥の鳴く声がやけに甲高く耳に付く。

「落下予測…地点のデータ……転送」

「ありがとう」

転送完了、とポッドが告げた。

「これは……！」

そのデータを見て、現在位置の特定ができなかったのも道理だと思った。9Sの落下予測地点は、水没都市よりもずっと内陸だった。

「助かった。救援部隊が来るまで、安静にしていて」

「見つかると……いいわ…ね……」

2Bは強くうなずいてみせると、目的地へ向かって走り出した。

知れば知るほど、わからなくなる。調べれば調べるほど、遠くなる。人類という種は、何という不可思議さ、不条理さに満ちている事か。

　そもそも、種としての在り方が我々機械生命体と人類とでは著しく異なる。群れを作って生存していながら、人類はネットワークを持たない。一見、個としての在り方を突き詰めているようで、同時に、個としての自己への執着が希薄なようにも見受けられる。

　その顕著な例が自己複製だ。彼らの自己複製は、極めて杜撰で精度の低いものだった。完璧な複製を造る技術を持たなかった訳ではない。可能であったにも拘わらず、彼らはその技術の行使に積極的ではなかった。むしろ、彼らが熱心に行っていたのは、「生殖」という名の不完全な自己複製だった。

　そして、彼らはオリジナルとコピーとを同一視する事を禁じていた。オリジナルを「親」、コピーを「子」と呼称し、わざわざ別個の存在と見なしていたという。それは、オリジナルとコピーというよりも、創造主と被創造物の関係に近いように思う。

　人類には、アンドロイドという被創造物があったのだから、わざわざ自らの複製を被創造物と同格にまで貶める事もないだろうに。理解に苦しむ。謎だ。

　もっとも、我々の創造主など、何の謎も残しはしなかった。薄っぺらで、多様性もなければ、独創性の欠片（かけら）も無い、くだらない連中だ。それに比べて、人類の謎の輝かしさよ。

どれほど資料を調べても、調べても、調べても、調べ尽くせない。


「なあ、にぃちゃん。なんで本なんか読むんだよ？」

「知識は人を豊かにするからな」

「データで転送すれば済むだろ？」

「自分で読まないと、心の中に入ってこない」

「……わかったよ」


人類の遺した文字。ほんの数個から数十個のパターンの組み合わせによって、人類は驚くほど豊かな「世界」を造り、伝えていった。単なる情報ではない。小さな世界そのものだ。文字の組み合わせを「読む」事で、人類は「世界」を自らの内に取り込んだ。それは、データ転送では決して為し得なかっただろう。書物というものの可能性は、人類の多様性に通じているように思う。

手当たり次第に本を読んで、気づいた事がある。人類の行動の起点や選択の基準として、ある特定の概念が頻繁に登場する事に。

死、だ。

人類は「死ぬ気で」「死にそう」「死ぬかと」「死よりも」といった言い回しを好んで使う。また、「死」そのものがテーマとなった書物もある。とりわけ「哲学」というジャンルにおいてそれが顕著だ。

死。我々機械生命体にとって、理解し難い概念だ。

ネットワークに繋がれた我々は、死なない。コアのエネルギーが切れたり、著しく破損したりすれば、活動を停止するが、再起動は可能だ。再起動可能な機能停止は、死とは別物らしい。

人類は死を恐れたが故に、様々なモノを生み出した。死を克服しようと試み、しかし、克服できなかった。十分な技術を持ちながら、結局、人類は死と共に在り続けた。

それほどまでに、死とは手放し難いものなのだろうか？　抗い難い魅力に満ちているのだろうか？

もしも、機械生命体である私が死を理解したら、そのとき、私は人類を理解し得るのだろうか。

人類を理解したいというこの強い思いは、我々機械生命体にかけられた呪いなのかもしれない。私に限らず、同胞達は人類を模倣する。言葉を模倣し、行動を模倣し、感情を模倣し、外見を模倣し、関係性を模倣し……。

なぜだ？　なぜ、我々はこれほどまでに人類に興味を抱く？

「にぃちゃん、これ、壊してもいい？」

「ダメだ。壊したら使えなくなる」

「でも、これ、にぃちゃんに酷いことをしたヤツだろ？」

「そうだ。でも、壊すな」

「……わかったよ」


我々とアンドロイドの戦いに理由は要らない。だが、その戦いは「殺し合い」ではない。アンドロイドも我々も、再生可能なのだから。

私と彼女の戦いに理由が必要となったとき、そして、その理由が用意されたとき、私達は「殺し合い」を行う事ができるのだろうか。


「にぃちゃん、遊ぼう」

「今は忙しい」

「人間ごっこしよう」

「後でな」

「いつになったら遊べる？」

「用事が済んだらな」

「わかった。用事が終わるまで待ってる」

「ああ、ここで待っていろ」

「ここで？」

「一人で待てるな？」

「ここで待ってたら、遊んでくれる？」

「ああ」

「じゃあ、待つよ」

「いい子だ」

「にぃちゃんが帰ってくるまで、俺、ここで待ってるよ」


イヴを連れて行く訳にはいかない。イヴは私を即座に再生させてしまうだろう。再生可能な活動停止は死ではない。私は理解したい。解き明かしたいのだ。人類を。

そうなったとき、私はようやく創造主の亡霊から解き放たれるのだろう。

第五章

第五章

NieR:Automata 長イ話

２Ｂノ物語／対峙

9S（ナインエス）の落下予測地点は、例の陥没地帯だった。廃墟（はいきょ）都市から水没都市へ徒歩で移動しようと思えば、そこそこ時間がかかる。倒壊した建物や寸断された道路のせいで、大きく迂回（うかい）することになるからである。

だが、直線距離で言えば、両者はさほど離れていない。爆発の勢いで一直線に飛ばされたとすれば、あり得ない移動距離ではなかった。

「報告：9Sのブラックボックス信号を検知」

ポッドのスキャナーが反応していた。

「現在位置は？」

「回答：地下洞窟」

「地下洞窟？　エイリアンシップのあった？」

「肯定」

地下洞窟は廃墟都市の一部が陥没したせいで発見されたもの。予測地点が陥没地帯なのだから、実際の落下地点が地下洞窟であってもおかしくはない。ただ……。

「下りてみよう」

縦穴の縁から地底に向かって設置された梯子（はしご）を下りる。時折、周囲を見回して、縦穴の壁や窪みに9Sの痕跡がないかどうかを確認した。しかし、残念ながら、9Sの持ち物も服の切れ端も、当然のことながら本人も、見出せなかった。

縦穴の底には、相変わらず水が溜まっていて、足場が悪い。ここにも9Sの姿はなかった。

視線を上げてみる。縦穴の深さはかなりのものだ。ポッドの滑空機能無しに飛び降りれば、無傷では済まされない。

まして、9Sは穴の縁から飛び降りたわけではなく、海上からの爆発によって飛ばされてきた。相当な衝撃で穴の底に叩きつけられたはずだ。すぐに起き上がれたとは思えないし、容易く移動できたとも思えない。

なのになぜ、9Sがここに倒れていないのか？

「報告：ブラックボックス信号の発信源は、地下通路奥」

「通路の奥？」

縦穴の底からは、狭い横穴が二方向に延びている。一方はすぐに行き止まりになっている短い横穴で、もう一方がエイリアンシップに通じる長い通路だった。ポッドが「通路奥」という言い方をしたのだから、エイリアンシップに通じる横穴のほうを指しているのだろう。

脳内で警報が鳴るのを感じた。万に一つの偶然が重なって、9Sが歩行可能だったとして、なぜ、地下通路の奥へと進んだのか？

ポッドにライトを点灯させ、地下通路へと入った。以前と同じルートを辿ろうとしたところ、ポッドが待ったをかけた。

「報告：ブラックボックス信号の発生源は、右方向」

「右？　エイリアンシップのほうじゃなく？」

「肯定：微弱ながら、ブラックボックス信号は前回調査とは別ルートから発信」

　枝分かれした通路を右に折れる。

「こんな奥まで入ってきたのか……」

　やはり、おかしい。なぜ、わざわざ未知のルートへ踏み込んだのか。それに、これだけの距離を歩行できたのなら、縦穴の底から梯子を登ることもできたはずだ。

　しかも、通路の突き当たりはエレベーターになっていた。もう否定しきれない。結論はひとつ、だ……。

「警告：罠（わな）の可能性」

「構わない」

　2B（トゥビー）はエレベーターのボタンを押した。

　行き先階の表示はなかったが、下降する感覚があった。地下洞窟のさらに下だから、かなりの深度である。これでは、正確な位置が特定できなかったのも無理はない。

　エレベーターはしばらく不規則に揺れ続けた後、ようやく停止した。やかましく音をたてて扉が開く。眩（まぶ）しい光が眼球を直撃する。

「何だ、ここは？」

　2Bは薄目を開けて、周囲を見る。白一色だった。暗がりに目が慣れていたせいで、眩しくてたまらない。

「検知：ケイ素と炭素が含まれる結晶状の物質。詳細については、データ不足の為不明」

よくよく見れば、街並みが続いている。ただし、色彩はない。真っ白な壁と灰色の窓枠の建物が並び、白い道には灰色の影が色濃く落ちていた。どれも、「ケイ素と炭素が含まれる結晶状の物質」で造られているから、無彩色なのだろう。

「地下にこんな街を造るなんて、いったい誰が……」

不明、とポッドが答える。逆に、それが回答になった。ポッドが答えられないのだから、自分達アンドロイドではない。また、地上の建造物のような風化も見られないから、さほど古いものでもない。つまり、年代的にエイリアンという可能性も薄い。となれば、答えはひとつ。機械生命体だ。

「報告：9Sのブラックボックス信号を検知」

ポッドの示す方向へと、用心深く歩を進めていく。この場所が敵側の施設である以上、警戒してもし過ぎることはない。が、その慎重な歩みはいくらも続かなかった。

「あれは!?」

思わず走り出す。白一色の中に、突然、黒い色が現れたのである。ヨルハ隊員の服の色だった。それも、一カ所ではなく、至る所に。

「どうして死体が……」

「予測：意図的に敵によって配置されている」

地下洞窟は、廃墟都市が陥没する以前には発見されていなかった。今も、機密扱いになっているため、部隊内での情報共有はされていない。この「白い街」に至っては、2Bでさえ知らなかったのだから、他のヨルハ隊員が自力で侵入したとは考えにくい。

つまり、機械生命体によって拉致され、ここに運ばれた。どの時点で殺されたのかは定かではないが。

気がつくと、全力で走っていた。早く9Sを助け出さなければ。ブラックボックス信号が発信されているうちに。

『ごめんなさい。その記憶を僕は持っていません』

9Sの声が耳に蘇る。そのときに感じた、締め付けられるような痛みも。

『あの地域は通信帯域が細かったですから。たぶん、貴女のデータをバックアップする時間しか確保できなかったんでしょう。僕の記憶は、貴女と合流する直前までしか残っていません』

バンカーに残っている自我データのバックアップは、いつのものだった？　もしも、今、義体が破壊されてしまったら、9Sの記憶はそこまで巻き戻ってしまう。

それだけは、と2Bは強く念じた。それだけは、避けたい。何としてでも。もう二度と、あんな思いはしたくなかった。

＊

走り続けると、大きな広場に出た。それまでの道や建物と同じ、白と灰色だけの広場である。

ブラックボックス信号は微弱ながらも近い。

「ようこそ。我が街へ」

広場の中央で2Bを迎えたのは、アダムだった。驚きは、ない。どうせ、こんなことだろうと思っていた。少しだけ意外だったのは、イヴという個体の不在だろうか。

「私は……私達、機械生命体は、人類に興味があるんだ。以前にも話したとおり」

その言葉を聞き流して、2Bはアダムに歩み寄った。どこに罠が張られているかわからないから、警戒を怠らずに、ゆっくりと。

「愛や家族、戦争や宗教。人類の記録を読み解けば、他に類を見ない複雑さに魅了されるばかりだ」

不快感を覚えた。人類文明の調査を行うたびに、9Sが目を輝かせていたことを思い出してしまう。同じようなことを機械に言われるのは不愉快だった。それも、9Sを拉致したであろう機械に。

「この街も、そうした人類への渇望が生み出した場所……」

もうひとつ、不快感の理由に気づいた。アダムの服装である。エイリアンシップで戦ったときのアダムは、上半身に何も纏(まと)っていなかった。今は、人類文明の映像資料にあったような白い襟付きのシャツを着て、黒い縁の眼鏡(めがね)まで掛けている。その出来すぎた模倣が不愉快でたまらなかった。

「君達アンドロイドの墓場にはもったいない、崇高な場所だろう?」

「墓場？」

アダムが意味ありげな笑みを浮かべる。ここに至る途中に放り出されていたヨルハ隊員達の死体を思い出した。

こいつが殺したのか……。

腹立ちを押し隠し、静かに抜刀した。アダムは全く意に介さない様子で、ひたすら語り続けている。

「私達は、人類の特徴を学び、模倣する。ある者は愛を。ある者は家族を。私も学び、模倣した。映像を視聴し、書物を読み、服を身につけ、植物を喰い、歌い、踊り……。あらゆる模倣を試みた結果、私は気づいた。人類の本質は闘争。戦い、奪い、殺し合う。それが人間だという事に！」

アダムの声が次第に熱を帯びていく。２Ｂ一人にではなく、大勢の者達に語りかけているかのように、大仰に両腕を広げ、広場いっぱいに声を響かせて。その様子が無性に腹立たしい。

「愛は憎しみを内包し、家族は諍いと葛藤を孕んでいる。より多くを奪う為に文明は発達し、より効率的に殺す為に社会は形成された……」

「その口で、人類を語るなッ！」

気がつけば、怒りに任せて軍刀を振り下ろしていた。空間転移で回避されるかと思ったが、アダムはその刃を片腕で受け止めた。服の袖が裂け、赤い液体が噴き出す。

「だが、間違ってはいないだろう？　それが人間というものだろう？」

「うるさい！」

赤い飛沫（しぶき）が止まる。あの驚異的な修復能力の発現だった。アダムの顔に、どこかちぐはぐな表情が浮かぶ。紡ぎ出す言葉にそぐわない、違和感のある表情だった。

「なぜ、人類は同じ種でありながら相争う？　何が人間を闘争に駆り立てる？　私は知りたい。私は人間の本質に到達したいんだ！」

「戯れ言をッ！」

問答無用に斬り下ろす。赤い体液が噴き出し、また止まった。アダムがまた、あの奇妙な表情を浮かべた。それは、悲しんでいるようにも見える表情だった。

「ネットワークに繋がれた私達機械生命体は無敵。だが……」

だから、攻撃しても無駄だと言いたいのか？　ならば、修復が追いつかなくなるまで攻撃し続けるだけだ、と思う。ところが、続くアダムの言葉はその予想を覆した。

「無限に続くデータに生の実感は無い。死の概念を理解できないんだ。だから、私はネットワークから自分を切り離す事にした」

悲しみに似た表情が跡形もなく消えた。アダムが笑う。心の底から喜んでいる顔だ。

「さあ、殺し合おう！」

その言葉で、逆に頭が冷えるのを感じた。殺し合いたいわけではない。機械生命体は敵だから、攻撃した。それだけだ。

2Bは淡々と告げた。

「おまえに関わっている暇は無い」

早く9Sを捜さなければ。9Sを救い出して、連れて帰る。ここに来た目的は、ただそれだけだった。

「なぜ、俺を憎まない？　仲間の死体だけでは足りなかったか？」

ヨルハ隊員達の死体が放置されていた理由に、虫酸が走った。

「警告：バイタル反応上昇。敵の挑発に注意」

「わかってる」

ポッドに警告されるまでもない。ヨルハ隊員は感情を持つことを禁じられているのだから。

「ならば、これはどうかな？」

アダムの身体が光る糸に変わる。空間転移だ。アダムが転移した先を目で追いかける。建物の上層階だった。アダムが外壁の一点を指さす。

「君の為に用意したんだよ」

音をたてて外壁の一部が剥がれ落ちる。その中から現れた、黒い色。

「戦う為には、それにふさわしい理由が必要だろう？」

磔にされた9Sだった。四肢を槍が貫いているというのに、もはや抗う気力も残っていないのだろう。9Sはもがくでもなく、呻くでもなく、ぐったりとしている。

「貴様……ッ！」

口腔内が一瞬で干上がった。呼吸数が急激に増加するのがわかる。

「……殺す」

何かが身の内を食い破ろうとしている。抑えきれない。意思とは無関係に手が震える。アダムが満足そうに笑い、地上に降りてくる。

「そうだ、その感情！　憎悪だ！」

どうでもいい。殺す。全力で走り、跳ぶ。

「貴様あああああっ！」

ひたすら斬った。目の前が赤い。絶叫が聞こえる。アダムの笑い声も。

「我々は人類に恋い焦がれる者同士。機械生命体とアンドロイドは、同類と言えるなあ？」

黙らせたいと思った。鬱陶しい言葉を吐き続ける口に鋒を突っ込んでやりたかった。できなくて、無茶苦茶に斬りつけた。

「だが、君も気づいているんだろう？　既に、人類は絶滅しているという事を」

「うるさいッ！」

アダムの顔めがけて蹴りを放つ。当たらない。腹立たしくて、刀を振り回す。

「警告：敵の擬装情報」

「黙れッ！」

アダムも、ポッドも、うるさい！　聞きたくない！　黙れ！

人類が絶滅している？　知らない。考えたくない。考える必要なんかない。

アダムがけたたましい声で笑っている。白いシャツが赤く染まっている。歯を剝き出しにして笑う顔が気持ち悪くてたまらない。

　こいつは機械だ。私達アンドロイドとは違う。似た質感の肉を持ち、似た温度の体液を持っていても、違う。

　目的が違う。存在意義が違う。そして、行き着く先も違う……はずだ。

「死ね……ッ！」

　その瞬間は、呆気なかった。何ひとつ遮るものもなく、刀が吸い込まれていく。刃が肉を貫く感触は、啞然とするほど酷似していた。……よく知っている感触に。

苦痛のためか、反撃しようとしているのか、アダムが２Ｂにしがみついてくる。しかし、その両腕に力はない。２Ｂの後頭部に回された腕が肩へと滑り落ちた。

　刀を引き抜く。生温かい液体を頭から浴びた。アダムが膝をつき、倒れる。

「これが……死か……」

　満足そうでいて、まだ何か足りない、そんな表情だった。けれども、その口許には確かに笑みが浮かんでいる。

「暗くて…冷た……」

　アダムの身体の下に、赤い液体が広がっていく。２Ｂは荒い息をつきながら、ただそれを見つめた。

　機械生命体とアンドロイドは同類、という言葉が頭にこびりついていた。違うと切り捨ててしまいたいのに、しつこくまとわりついてくる。きっと、刀を突き刺したときの感触のせいだ。

驚くほど、似ていたから。絶対そうだ、そうに違いない……。

唐突に、音が割り込んでくる。何かが崩れる音と、重たいものが落ちる音だった。はっとして振り返る。

白い敷石の上に9Sが倒れていた。その周囲に崩れた外壁の欠片(かけら)が散らばっている。

「9S！」

駆け寄り、抱き起こす。9Sの喉元が微かに震える。わずかに開いた唇の形で、「2B」と呼ぼうとしたのだとわかった。大丈夫、まだブラックボックス信号はある。自我データは無事だ。

温かいものが胸の奥に広がる。同時に、小さな染みのように黒い何かが、ぽつりと落ちる。何だろう？　いや、今はいい。その正体を探るのは、もっと後でいい。

「うん。帰ろう、9S」

2Bは9Sの身体をそっと抱き上げた。

にぃちゃんの後を追いかけていきたかったけど、俺はガマンした。ここで待ってるって約束したから。俺、にぃちゃんとの約束は、絶対に守るって決めてるんだ。

にぃちゃんが向かったのは、俺達の「遊び場」だった。俺達が、いつも人間ごっこをして遊んだ街。一人で行くなんて、ずるいや。俺も遊びたかったのに。にぃちゃんと一緒に、アンドロイドを壊したかったのに。

急に、にぃちゃんが消えた。ネットワークをたどっても、にぃちゃんに届かなかった。つながってる感覚が消えていた。

何があったんだろう？

すぐにでも、にぃちゃんのところへ行きたかった。でも、行けなかった。ここで待ってるって約束したから。

一時間経（た）っても、二時間経っても、にぃちゃんは帰ってこなかった。

どうしたんだろう？　アンドロイドを倒すのに苦労してるのかな？　にぃちゃんの手伝いに

行こうかな。

やっぱり、あのとき、殺しとけばよかったんだな。でも、にぃちゃんは俺との約束を優先して、途中で切り上げたんだ。もうちょっとで倒せたけど、約束の時間になったから。あの後、俺達は、この遊び場で、人間ごっこをして遊んだ。

にぃちゃん、あのとき、止めを刺さなかった事を後悔してるかな……。

百まで数えたら、にぃちゃんが帰ってくる。二百まで数えたら、にぃちゃんが帰ってくる。三百まで数えたら……。

でも、九千九百九十九まで数えても、にぃちゃんは帰ってこなかった。

待っても待っても、にぃちゃんは帰ってこなかった。俺は、とうとう約束を破った。「いい子だ」って褒めてもらえなくなるけど、「遊び場」へと飛んだ。

早く終わらせよう。俺も手伝うから。さっさとアンドロイドを殺そう。

でも、アンドロイドはいなかった。囮にしてたほうも、いなくなってた。

にぃちゃん一人だった。倒れてた。呼んでも答えてくれなかった。揺さぶっても起きてくれなかった。

早く再生させなきゃって思ったけど……できなかった。

にぃちゃんが死んだ。アンドロイドがにぃちゃんを殺した。

最初は何が何だか、わからなかった。だって、にぃちゃんがいなくなるなんて、考えた事もなかったから。生まれたときから、にぃちゃんがいたから。ずっと、ずっと、にぃちゃんがいたから。

にぃちゃんはもう動かない。二度と遊べない。

やっと、「にぃちゃんが死んだ」って事の意味がわかった。そしたら、びっくりするくらい、涙が出た。

胸のあたりが、ぎゅっと痛くなった。痛くて痛くて、俺は床を転げ回った。それでも痛くて、テーブルにがんがん頭をぶつけた。ぶつけたところが痛くなって、頭がぼうっとした。俺はもっと頭をぶつけた。そうしないと、頭の中がぐちゃぐちゃになりそうだったから。

どうして、死んだんだ？

にぃちゃんは生まれたときは一人だったけど、すぐに二人になって、死ぬまでずっと二人だった。

俺は生まれたときから二人だったけど、今は一人で、死ぬまでずっと一人なんだ……。

俺、知ってたんだ。にぃちゃんは、俺の事よりも、もっと夢中になってるモノがあるって。

俺がにぃちゃんを好きだったほどには、にぃちゃんは俺の事を好きじゃないって。

俺はにぃちゃんを、にぃちゃんだけをずっと見てたから、わかってた。それでも、一緒にいたかった。にぃちゃんが居てくれたら、それだけで良かった。

俺にとっては、にぃちゃんだけが……にぃちゃんさえ、いてくれたら。

ねえ、にぃちゃん。ぼく、たたかう事はきらいじゃないよ。
だけど、にぃちゃんがきずつくのは、イヤだよ。
にぃちゃんがいなくなるのは、もっとイヤだ。
だから、ふたりで、どこか、しずかなところに……。

ニィチャン　ノ　イナイ　世界ナンテ　ナクナッテ　シマエ

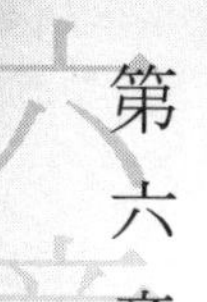

第六章

NieR:Automata 長イ話

２Ｂノ物語／再会

9Sはバンカーで義体のチェックを受けた後、データオーバーホールを行った上で、現場に復帰することになった。それまでの間、2B単独での調査任務となる。

2Bは、一人でパスカルの村を訪れ、地上の機械生命体についての情報を収集した。今回も、パスカルは快く調査に応じてくれたばかりか、他エリアの機械生命体についての情報も提供してくれた。

もっとも、機械生命体のネットワークから切り離されているパスカルが知り得る情報である。今すぐに役に立つといったものではなく、あくまで参考程度のささやかなものばかりだった。ただ、それらの中には、人類を模倣して宗教団体を設立する機械生命体のコロニーなど、9Sがいたならば強く興味を示したであろう情報もあった。

そういった一連の調査を通して、2B自身の心境にも、少なからず変化があった。これまでのように、機械生命体達を「ただの金属の塊」と見なしきれなくなってきたのだ。

人類を模倣した形状を持ち、流暢な言葉を話したアダムとイヴ。形状こそ他の機械生命体と変わらないが、平和な暮らしを望んでいるパスカルとその村の住民達。彼らは明らかに、思考し、感情を持ち、自らの意志で行動していた。

彼らと、自分達アンドロイドとの違いはどこにあるのだろう？

人類文明の資料に「ロボット」に関する映像や文献がある。大昔の人類は、機械生命体によく似た「ロボット」を造り、使役していたという。まだアンドロイドを造る技術が確立していなかった時代から、「ロボット」は存在していた。

『我々機械生命体とアンドロイドは、同類と言えるなぁ？』

耳にこびりついて離れない、アダムの言葉と哄笑。それを振り払って、2Bは歩く。

レジスタンスキャンプに戻って、補給とボディのチェックを行った後、もう一度、パスカルの村へ行って……。

頭の中で段取りをつけていると、それを邪魔するかのように通信が入った。

『こち……レジスタ……キャン……』

ひどい雑音と共に、切れ切れの声が聞こえた。断定は出来かねるが、アネモネの声に似ている。

「報告：電波障害を確認」

2Bは立ち止まって、通信に聴覚を集中させた。そうでもしないと聞き取れないほど、通信状況が悪い。

『……機械生命……この通……受信…………要請。頼』

通信は唐突に切れた。EMP攻撃だろうか。とにかく、レジスタンスキャンプがただならぬ事態に陥っているのは、確かだ。

「急ごう」

幸い、ここからキャンプまでは目と鼻の先である。しかし、いくらも行かないうちに足止めを食らうことになってしまった。廃墟都市の至る所で、機械生命体が大量発生していたのである。

この界隈に出没する歩行型以外に、大小様々な飛行型がいた。上空からも、中型の機械生命体が次々に降下してきている。

「この数は、いったい？」

ポッドの回答は「原因不明」の一言だった。レジスタンスキャンプからの通信といい、ただごととは思えない。

「ポッド。バンカーにレーザー通信での呼びかけを」

「了解」

何かが起きている。尋常ならざる事態が。

早くレジスタンスキャンプへ行かなければと逸る気持ちを抑えて、２Ｂは目の前の機械の群れの駆除を開始した。

常軌を逸しているとしか思えないほど大量の敵だった。殲滅するには、それなりの時間を要した。

ようやくキャンプの近くまで駆けつけると、火の手が上がっているのが見えた。機械の立てる耳障りな金属音と悲鳴とが、黒煙と共にキャンプの外まで流れてきている。機械生命体の襲撃だった。

「これは……⁉」

入り口近くで2Bは立ちすくんだ。一見したところ、機械生命体にアンドロイドが組み伏せられているようだった。が、それだけではなかった。機械生命体がアンドロイドを捕食していた。そこかしこに、食い散らかされたアンドロイドの死体が転がっていた。中には原型をとどめていないものもある。

今まで、攻撃されることはあっても、食われることはなかった。機械生命体は捕食を行わない。そう思い込んでいた……。

いや、呆けている場合ではなかった。アンドロイドに食らいついている機械を蹴り飛ばし、軍刀で叩き壊した。広場にいた数体を片っ端から鉄屑に変えた後、キャンプの奥へと向かう。逃げ遅れている者がいるかもしれない。

「2Bッ！」

アネモネがいた。資材置き場の近くで、仲間を退避させている真っ最中だった。

「これは、いったい？」

何よりもまず、状況を確認したかった。しかし、アネモネは「わからない」と首を横に振った。

「急に奴らがキャンプになだれ込んできて……。応戦したんだが、銃が効かないんだ」

どういうことだろう、と思ったときには、ポッドが分析を終えていた。敵個体にエネルギーシールドが確認されたという。火器が通用しないのも道理だった。

「推奨：近接物理攻撃」

「わかった」

どうせ、ここで遠距離攻撃は使えない。レジスタンス達が装備している銃ならまだしも、ポッドの射撃モードでは強力すぎて、キャンプ内ではむしろ危険だった。

「アネモネ。貴女は他のアンドロイドを退避させて」

近接攻撃はＢ型モデルの仕事である。頼む、というアネモネの声を背中で聞きながら、２Ｂは再び抜刀した。


キャンプ内の敵を一掃し、アネモネと合流しようとしたときだった。轟音を聞いた。突き上げるような振動がそれに続く。キャンプの外だが、近い。

咄嗟にキャンプを飛び出した。新手がいた。球状のボディに複数の足を持つ大型多脚兵器、クモ型機械。些か厄介な相手だが、そう頻繁に出会すような敵ではなかったはずだ。

敵の大量発生といい、アンドロイドを食らう個体といい、目の前のこいつといい……どれもこれも尋常ではない。いったい何が起きているのか。いや、考えても答えは出そうにない。考えるだけ無駄だ。

高く跳躍して、巨大な球体のボディに斬りかかる。だが、たいしたダメージは与えられない。しかも、動きが速い。複数の脚を使って器用に回避行動を取るため、ポッドの遠距離攻撃も効果は今ひとつなのである。

ここに９Ｓがいてくれたら、などと気弱な考えが脳裏をかすめる。廃工場で、遊園地廃墟で、水没都市で、９Ｓと共に戦ったときの情景が次々に浮かぶ。

もしも、ここに9Sがいてくれたら、ハッキングで敵の脆弱性を突くか、制御を奪うかしてもらって、その隙に……。

「2B!」

空耳かと思った。頭の中に思い描いたイメージが鮮明過ぎて、声が聞こえたような錯覚に陥ってしまったのか、と。

けれども、よく知っている声だ。間違えるはずがない。2Bは声の方角を見上げた。飛行ユニットが降下してくる。9Sの声は、そこから聞こえたのだ。

飛行ユニットから9Sが飛び出すのが見えた。無人となった飛行ユニットは、速度を緩めることなく地上へ降下してくる。

「9S!」

飛行ユニットから飛び降りた9Sは、2Bのすぐ近くに着地し、勢い余って転倒した。

「大丈夫⁉」

あわてて駆け寄り、9Sを助け起こした瞬間、背後で爆発音がした。遅れて熱風が押し寄せる。飛行ユニットがクモ型機械を直撃したのだ。地上からの遠距離射撃は難なく回避しても、上空からの落下物など想定外だったに違いない。回避しきれなかったのだろう。

「いやあ、命中して良かった」

痛そうに顔をしかめながらも、9Sはどこか得意げだった。ところが、不意にその顔に驚愕の色が浮かんだ。

9Sの視線は、2Bの背後に向けられている。たった今、飛行ユニットとの衝突で爆発炎上した、クモ型機械の残骸があるはずの場所へ。

「今度は何？」

振り返ると、機械の残骸があった。つるりとしていた球体も、爆発の衝撃と高温とで溶けて奇妙な形に歪んでいる。その残骸が不自然に蠢いた。中から何かが出てくる。

「アンドロイド……」

見覚えのある顔と声。クモ型機械の残骸と融合したイヴだった。両の目に赤い光を湛え、イヴが2B達を見下ろしている。

「全部……全部、破壊してやルッ！」

その声を合図にしたかのように、どこから現れたのか、歩行型の機械達が集まってくる。クモ型機械の残骸に、イヴの身体に、機械達は群がり、取り付いた。あるものは残骸を貪り食い、あるものは溶けるように同化していく。やがて、イヴも残骸も機械達も一体化して、さらに巨大な球体になった。つぎはぎだらけで歪な、化け物と呼ぶにふさわしい球体だった。

球体が回転を始める。地面を抉り、木々を薙ぎ倒しながら、どんどん速度を上げ、暴れ回っている。たまたま近くを通りかかった飛行型の機械が巻き込まれ、粉々に砕かれた。すさまじい破壊力だが、敵味方の区別がつかないらしい。どうやって倒したものか、と考えていたときだった。

『2Bさん！　聞こえますか⁉』

パスカルからの通信だった。酷い雑音はアネモネからの通信を思い出させた。

『私達の村が……うわあああああっ！』

そして、唐突に切れた音声も、アネモネのときと同じ……。

「パスカル！　聞こえる⁉　パスカル！」

すでに通信は途絶していた。ほんの少し前に、レジスタンスキャンプで見た光景がまざまざと蘇った。

「行こう、９Ｓ」

放っておくわけにはいかない。幸い、イヴと一体化した機械の塊は、制御を失っているのか、追いすがってくることはなかった。

＊

パスカルの村と廃墟都市を繋ぐ近道の入り口は封鎖されていた。廃材を寄せ集めて、バリケードを築いてあった。しかし、数体の機械生命体が、入れ替わり立ち替わり、体当たりをかけている。所詮は廃材、強度のほうは今ひとつ。突破されるのも時間の問題だと一目でわかる。

背後から急襲して、まずは一体を破壊した。次に、廃材にしがみついて、バリケードを押し破ろうとしていた個体を斬り捨てる。歩行型は急な方向転換を苦手としているおかげで、反撃もされず、造作もないものだった。

『２Ｂさん！　９Ｓさん！』

村に近くなったからか、再びパスカルとの通信が可能になった。

「パスカル！　何があったの⁉」

『ネットワークに接続されている機械生命体が一斉に暴走したんです。バリケードを造って応戦したのですが、私達の武装では……』

レジスタンス達の武器でも歯が立たなかったのだから、平和主義者のパスカル達に反撃できるはずもなかった。

暴走という言葉そのままの様相で向かってくる機械を叩き斬り、蹴り倒した。レジスタンスキャンプに比べれば、敵の数は少ない。援護してくれる9Sもいる。今回は、片付けるのに、大して時間はかからなかった。

「ありがとうございます。助かりました」

ようやく静かになると、バリケードの向こうからパスカルが現れた。早くも住民達が半壊したバリケードの修復に取りかかっている。

「機械生命体が暴走したって言ってたけど？」

「はい。正確なところはわかりませんが、全体を統括しているユニットが暴走したのではないかと。それがネットワークを通じて、機械生命体達に波及して……」

全体を統括しているユニット。そんなものがあったことに驚く。いや、あっても少しも不思議はない。思い当たる節もある。

「イヴ……。あいつだ……」

9Sが口にしたのは、今まさに2Bが思い浮かべた名前だった。さっき、小型の敵が吸い寄せられるように、どこからともなく集まってきた。あれは、イヴがネットワークを通じて呼んだに違いない。統括していたからこそ、そんなことも可能だった。

もともと統括していたのは、イヴではなくアダムのほうだろう。ただ、2Bとの戦いの途中で、自らネットワークを離脱してしまった。その後、イヴが機能を引き継いだ。イヴはアダムから生まれた個体なのだから、アダムに匹敵する能力を有していてもおかしくはない。

「統括しているユニットを破壊すれば、全体の活動も停止する？」

パスカルがうなずいた。

「ポッド、イヴの位置を特定できる？」

「報告：位置は既に特定済み」

パスカルとの会話を聞いた時点で、ポッドは位置検索を開始していたらしい。表示されたマップデータが指し示す先は、陥没地帯の中心部だった。

「私達がイヴを倒す。パスカルは村を守ってて」

「はい。2Bさんも9Sさんも、お気をつけて」

機械に見送られて機械を倒しに行く。これで何度目だろう？　けれども、さほど違和感がなくなっていることに2Bは気づいた。

＊

その通信が割り込んできたのは、陥没地帯へ向かう途中だった。早くイヴを倒しに行かなければならないのに、暴走した小型の機械達が行く手を阻むように現れ、少しも道が捗らない。苛立ちながら、戦っていた。その真っ最中だった。

『ニ……チャ……ニイチャン……』

何の前触れもなく通信画面が開き、雑音混じりの声が流れてきた。

「強制通信を撒き散らしているみたいですね」

9Sが顔をしかめる。

「敵味方の区別無し、か」

あの暴走した球体を思い出す。闇雲に暴れ回り、味方の機械生命体をも破壊していた、イヴ。その叫びがネットワークの外にまで漏れ出している。はた迷惑な八つ当たりだ。

『なあ、にぃちゃん。こいつら、殺していい？』

『イヴ、落ち着け。まだ話は終わっていない』

エイリアンシップでのアダムとイヴの言葉。今になって思えば、あの二人の関係性を端的に示していた。あの白い街で、傍らにイヴの姿がなかったことを不自然に思ったのは、強ち的外れでもなかった。

機械が、その片割れの死を嘆いている……。

突然、攻撃が止まった。周囲の機械生命体達が棒立ちになって、悲鳴とも咆哮ともつかない叫びを上げている。

「な、何？　これ？」

どの個体も身体を小刻みに震わせ、その場から動こうとしない。EMP攻撃を行う個体が見せる予備動作に若干似ているものの、いつまで経っても攻撃に移る様子もなかった。

「いったい、何が……起きてる？」

叫びが止んだ。機械達の両目から、赤い光が消える。機械達が崩れるように倒れていく。横倒しになった身体はぴくりとも動かない。完全に停止している。

不意に、小鳥の囀りが聞こえた。その小さな声で、静寂を知った。どこからともなく聞こえていた砲撃や爆発の音がぴたりと止んだことに気づいた。枝を鳴らして小鳥が飛び立つ。川のせせらぎが聞こえる。

「これもイヴが？　機械を停止させた？」

9Sがつぶやく。イヴがネットワーク上の機械を一斉に暴走させられるのなら、その逆、機械達すべてを同時に停止させることも可能なはずだ。

しかし、直前に機械達が見せたあの動作、あの叫びは何だったのだろう？　まるで苦悶しているかのような身体の震えと、断末魔を思わせる叫び。停止などという穏やかな表現よりも、虐殺という言葉のほうがふさわしい……。

「行こう、9S」

薄気味悪ささえ感じる静けさの中、2Bと9Sは陥没地帯へと走った。機械達は停まったが、イヴはまだ生きている。マップデータの表示は、イヴ固有の電波を検知していた。

行ってみれば、わかる。何が起きているのか。急坂を駆け下り、瓦礫を飛び越えながら、陥没の中心へと向かう。

そして。位置情報と寸分違わぬ場所にイヴがいた。コンクリートの瓦礫に腰を下ろして、空を見上げている。暴走する球体は跡形もなくなっていた。イヴの姿は、何かを探しているようにも見えたが、涙を堪えているようにも見えた。いや、機械が涙を流すはずがない。ただの思い込みだ。

イヴがゆっくりと顔を向けてくる。

「ああ、来たのか」

文章をただ読み上げているようだった。以前から抑揚に乏しい話し方だと思ってはいたが、今はさらに平板に聞こえた。しかし、その口調とは裏腹に、口許には微笑が浮かんでいる。吐き出される息に音が混じり、けたたましい笑い声に変わった。

「おまえ達も思うだろう？　こんな世界、意味が無いって」

イヴが立ち上がった。その上体がゆらりと揺れた。口許の笑みが一瞬で消える。

「俺にとっては、にイちゃんガ……ニいチャンだけガ……」

イヴの両目から涙が流れて落ちる。信じられなかった。機械が泣くのを見るのは、初めてだった。

しかし、その泣き顔はすぐに憤怒の顔に変わった。イヴの右半身に浮き出ていた黒い模様が形を変えた。模様は膨張し、輪郭を失い、黒一色となってイヴの全身を覆い尽くした。

周囲の瓦礫がふわりと浮き上がった。磁石に吸い寄せられる砂鉄のように、それらはイヴの真っ黒な身体に貼り付いた。金属と金属がぶつかり合う、やかましい音が響く。

「全部……消エテ無クナレッ！」

瓦礫の鎧を身に纏い、イヴが吼える。空気が震えた。倒さなければ危険だと、理屈ではなく、本能で感じた。

2Bが渾身の力で放った一撃をイヴは素手で受け止めた。ヨルハ型の重量百五十キロ弱に、自由落下のエネルギーを加えた一撃である。瓦礫の鎧を纏っていても、無傷でいられるはずもない。重なり合った金属の隙間から赤い体液が噴き出す。

しかし、イヴはまるで気に留めることもなく、拳を繰り出してくる。痛覚が麻痺しているのか、身体の痛みが紛れるほどの「何か」に苛まれているのか……。

「どウしてニイちゃンを殺シタッ！」

苦もなく躱せる大振りだった。精密さなど欠片もない。本気で当てる気などなく、ただただ八つ当たりしているようにしか見えない。

だが、拳が地面を叩くなり、瓦礫と石とが砕けて礫となり、四散した。そのひとつが腕を直撃し、2Bは思わず顔をしかめた。小さな礫だけで、この威力。あの拳をまともに食らったら、ただでは済まない。

「9S、下がって！」

S型の戦闘能力では、今のイヴには刃が立たないだろう。攻撃はおろか、回避すら危うい。

9Sが距離を取ったのを視界の片隅で確認すると、2Bは拳を掻い潜って、イヴに接近した。

漆黒の身体に吸着している瓦礫の隙間を狙って、刀を突き立てる。

金属と金属がぶつかる不快な感触しかない。わずかに瓦礫が剝がれて落ちただけだ。

それでも、繰り返し試みた。少しずつ、少しずつ、体表を覆う金属片が剝がれていく。

ようやく皮膚が露出し始める。そこを狙って、刀を突き立てた。赤い液体が噴き出したが、イヴの動きは全く変わらない。何度斬りつけても、至るところから体液が噴き出しても、ひたすら拳を振り回している。

痛覚という優秀なセンサーが作動していないのだから、当然だった。痛みを感じないということは、そういうことだ。ダメージの蓄積に気づかず、動けなくなるまで自身の状態を把握できない。

「ポッド！」

今ならダメージが通るはず、という2Bの読みは当たった。ポッドの放つビームが直撃し、イヴの動きがようやく鈍る。上体が大きく揺れ動く。あと少し、と思ったときだった。

「警告：膨大なエネルギー反応を確認」

「どういう事？」

この陥没地帯を造った大型兵器のように、爆発でもするのだろうか。咄嗟に後退して距離をとる。が、違った。

イヴの身体が奇妙な光を帯びる。赤い飛沫が止まる。イヴが回復していた。

「推測：多数の機械生命体からのエネルギー供給」

「ネットワーク経由で、イヴが周りの奴らのエネルギーを吸ってる？」

「肯定」

アダムとの戦いを思い出した。アダムが自らをネットワークから切り離すまで、どれだけダメージを与えても、すぐに修復してしまった。あのときと同じだ。

「これじゃ、埒があかない……」

あれだけの手間をかけた攻撃が徒労に終わった、ということだ。あの修復の速さを上回るダメージを与えることができるとは、到底思えない。

それなら、と背後で声がした。

「ハッキングして、ネットワークから切り離す」

振り返ると、9Sが静かにイヴを見据えている。

「わかった。お願い」

無防備になる9Sの義体を背にかばう。9Sめがけて飛んでくる礫を刀で弾き返し、振り下ろされる拳を蹴りと突きとで押し返した。押し返しきれなくて、地面に叩きつけられた。

「警告：敵個体が接続されているネットワークは膨大」

ポッドの声が鬱陶しい。

「予想：9Sのハッキング成功率は低い」

無視したのに、なおもポッドは言葉を重ねてくる。

「推奨：9Sの護衛任務の放棄」

「うるさいッ！　9Sがやれるって言ったら……やれるんだ！」

怒鳴りつけると、ようやくポッドは沈黙した。9Sのハッキングのおかげで、これまで何度も窮地を脱してきた。その9Sを援護するのは、自分の仕事だ。

同時に、微かな痛みを覚えた。いつの間にか、当たり前のように二人で戦っている。なのに、9Sにとって自分は……。

だめだ。今、それを考えては。

「報告：敵個体のネットワーク機能切断を確認」

肩越しに9Sを見る。微動だにしなかった義体が、びくりと震えるのを確かめて、2Bはイヴへの攻撃を再開した。

蹴りを跳んで躱し、拳を掻い潜って斬りつける。傷が塞がる様子はない。これなら、破壊可能だと思った。

確実にダメージを与えている手応えがあった。あと少しで倒せる、その逸る気持ちが隙を生んだ。

まずい、と思ったのと同時に衝撃が来た。拳をまともに食らったのだ。咄嗟に軍刀で受け止めようとしたが、勢いを殺しきれるはずもなかった。甲高い音で刃が折れて飛ぶ。必死に足を踏ん張って、転倒だけは免れた。

また拳が来る。ふらつきが残っているせいで避けきれない。

その刹那、何かが背後から飛び出した。跳躍する9Sだった。見れば、その腕はイヴと同じように瓦礫で覆われている。周囲の金属片を吸着して防壁代わりにするというやり方を、ハッキングした際に習得し、模倣(もほう)しているのだろう。

「イヴッ！」

2Bに止(とど)めを刺そうとしていたために、9Sに対するイヴの反応がわずかに遅れた。瓦礫を纏った9Sの腕が、同じく瓦礫を纏ったイヴの拳とぶつかり合う。轟音を聞いた。衝撃波が来る。

「2B！　今だ！」

弾き飛ばされながら、9Sが叫んだ。ダメージを殺しきれなかったらしく、イヴが大きく仰け反っている。2Bは大剣を抜いた。今なら、振りの遅い武器でも間に合う。

体勢を立て直せずにいるイヴに、大剣を叩きつけた。イヴが右手で刃を止めた。2Bはさらに力を込める。全体重を乗せ、大剣を力任せに押した。

鈍い音と共に、イヴの右腕が切り落とされて転がった。絶叫が響きわたる。もう一度、斬りつけた。

イヴの叫び声が変わった。2Bの手から大剣が弾き飛ばされた。EMP攻撃だった。体勢が保てない。両膝が地面にぶつかる。

「警告：NFCS破損。近接戦闘に支障」

それでも立ち上がり、折れた刀を拾う。あと少しだ。あと一撃あれば、イヴを破壊できる。

EMP攻撃で力を使い果たしたのか、イヴは動かない。その場に膝をつき、じっと頭を垂れている。

「ニイ…チャン……」

うつむいているイヴへと近づく。

「他ニハ何モ……要ラナカッタのに……」

だから、仲間の機械達を一斉に活動停止に追い込んだのか？　アダムを殺した2Bだけに向けるはずの怒りと憎しみを、誰彼構わず撒き散らしたのは、アダムのいない世界そのものを捨ててしまいたかったからか？

なんて自分勝手で、機械らしからぬ行動だろう。感情を持つことを許されないヨルハ型の自分よりも、ずっと……ずっと……。

2Bは折れた刀を振り上げた。躊躇いを払い除け、イヴの後頭部に突き刺した。崩れ落ちるようにイヴが倒れる。固有の電波が消失しているのを確認する。完全なる停止、だった。

「これで……全部……」

終わった。息を吐いて空を見上げる。握りしめていた刀が落ちる音がした。

どこもかしこも傷だらけで、まっすぐに歩けるかどうかさえ怪しい。きっと9Sも同じだろう。まずはレジスタンスキャンプに戻って、ボディチェックをして、バンカーでメンテナンスを……と思ったときだった。

背後で、呻き声を聞いた気がした。

「9S？」

返事がない。あわてて振り返ると、9Sが喉元を掻きむしっている。

「9Sッ！」

駆け寄りたいのに、足が言うことをきかない。もどかしい思いで9Sに歩み寄る。飛ばされた拍子にゴーグルが外れてしまったのだろう。9Sの両目の色がはっきりと見えた。

「イヴのネットワーク分離時に……物理汚染されちゃったみたい」

「そんな……」

9Sが泣き笑いのような表情を浮かべる。その瞳は赤く染まっていた。論理ウィルスに感染した際の典型的な症状だった。ここまで進行してしまうと、ワクチンを投与しても効果がない。

「大丈夫。バンカーにあるデータで巻き戻る事はできるから」

「でも……。それじゃあ、今の君は戻ってこない……」

先日のデータオーバーホールの際に、バックアップを取っているかもしれない。それでも、バックアップから今に至るまでのデータは消えてしまう。飛行ユニットから飛び降りた9Sが、イヴをネットワークから切り離すためにハッキングを敢行した9Sが、イヴに止めを刺されようとしていた2Bを救った9Sが、そして、二人でイヴを倒したという記憶を持っている9Sが……いなくなる。

「そウだね……。でも、汚染データをバンカーにアップロードすル訳にもいかナイから……」

言葉の所々に不明瞭な音が混じる。ウィルスによる自我データの汚染が進んでいるのだ。

「お願イ……2B。僕ハ……」

9Sの顔が苦痛に歪む。9Sが9Sとしての意識を保っていられる時間は、もう残り少ない。

「君の…手デ……」

その先は言われなくてもわかっていた。論理ウィルスに汚染されたアンドロイドは、制御を失い、死ぬまで仲間を攻撃し続ける。そうなる前に汚染機体を処分しなければならなかった。

９Ｓの頬を両手で包み、「わかった」と答える。心なしか、９Ｓが微笑んだように見える。

両手を下へと滑らせ、９Ｓの首に回す。刀剣類で胸部を破壊するほうが苦痛を軽減できるのだが、ＮＦＣＳが破損している状況ではそれもままならない。

手のひらに全体重を乗せて、頸部を押し潰す。９Ｓの四肢が激しく震えたが、すぐに静かになった。

「どうして……いつも、こんな……」

どうして、いつも、こんな終わり方になってしまうのか。何をどうやっても、９Ｓを殺すという運命から逃れられないのは、なぜなのか。

これで何度目になるだろう。９Ｓを殺したのは。

９Ｓはスキャナーモデルの中でも、とりわけ優秀だった。その優秀さ故に、司令部が機密事項としている情報を嗅ぎつけてしまう。ハッキング能力の高さ故に、メインサーバーへの不正アクセスを試みてしまう。そのたびに、司令部から９Ｓの破壊命令が下った。

２Ｅは名前を２Ｂと変えて９Ｓに接近し、処刑してきた。処刑が終わると、記憶領域の部分削除を行い、９Ｓが入手した機密情報のすべてを消した。もちろん、２Ｂが２Ｅであることや、行動を共にした記憶もすべて。

だから、新たな任務で顔を合わせるたびに、いつも9Sは「2Bさん」と敬称を付けて呼ぶ。同じ会話が繰り返されているのを知っているのは、2Bだけだ。

「ナインズ……」

今の9Sは、2Bが「ナインズ」という愛称で呼んでいたことも知らない。9Sが知っているより、遙かに長い時間を共有してきたことも。

仲間を処刑するのが自分の職分だということは了解している。戦場で動けなくなった仲間の義体を破壊し、時には脱走者や反逆者を追跡して処分する。それが、処刑を任務とするE型モデルだった。

なのに、9Sを処刑するたびに、9Sの記憶を削除するたびに、耐え難い苦痛に苛まれるようになっていた。いっそ任務を放棄して自分のほうが処刑されてしまいたいと思うほど。

それでも、また2Bとして9Sの前に現れたのは、他ならぬ9S自身と約束したからだ。記憶がなくなっても、また会いたい、だから躊躇わずに殺して欲しい、という願いを叶え続けると。

涙がこぼれ落ちて、9Sの冷たい頬を濡らした。感情なんて持ちたくないのに、悲しみを捨てきれない。あと何回、この悲しみに耐えなければならないのだろう？　あと何回、9Sに「初めまして」と言われなければならないのだろう？　あと何回、自分の心を偽り続けなければならないのだろう？

自分にとっての9Sは、最初に殺した9Sだけ、後はただのコピーにすぎない、そんなふうに考えてみたこともある。私はニセモノの9Sを殺し続けているだけだから、と。

でも、ごまかしきれなかった。ニセモノだと自分に言い聞かせても、9Sを手に掛ける痛みは消えなかった。いつだって、今、目の前にいる9Sが「今の」9Sだった。

今回はまだ、処刑命令が下っていなかったのに。もしかしたら、今度こそ、2Bのままでいられたかもしれなかったのに。こんなところで、論理ウィルスに汚染されなければ。

処刑命令があってもなくても、この手で9Sを殺さなければならないという結末から逃れられない、ということか。

「今度こそ、今の君のままでいられるかもしれないって……思ったのに」

どれくらい、そうして泣いていただろうか。何かの気配を感じて、2Bは顔を上げた。少し離れた場所に、機械生命体の頭部が転がっていた。その目が青く光っている。

「まだ……残ってるのか」

こんな機械のせいで。こいつらのせいで、「今の」9Sは死んだのだ。怒りが悲しみを塗りつぶした。ふらつく足で立ち上がり、折れた刀を拾う。

「こんな機械……ッ！」

叩き壊してやろうとしたときだった。青い光を放っていたのは、その頭部だけではなかった。周囲に転がっている機械生命体の残骸が、一斉に光を放ち始めた。明滅を繰り返す青い光が辺り一帯に広がっていく。

「これは？　通信？」

何の合図だろう？　両目が青く光っている機械生命体は攻撃してこない。パスカルとその仲間達がそうだ。敵意のないことを示す青い光を点滅させて、機械達は何を伝えようとしているのか。

やがて、すぐ近くの機械が起き上がった。両目の光は青いが、2Bよりもずっと大きな歩行型である。咄嗟に剣を構えた。さっきよりもいくらか回復していたが、どこまで戦えるか……。

「ちょ、ちょっと待って！　2B！」

流暢な話し方。2Bという呼びかけ。

「君は……？」

2Bは目を見開いた。まさか。そんなことがあるのだろうか？　9Sと同じ口調の機械。

「僕、パーソナルデータを機械生命体側に遺してたみたいで。なんか気づいたら周囲のネットワークの上で自我が再形成されたんだ。こうやって複数の自我が形成されていくのは貴重な体験だから記録しておきたいんだけど、まだ保存領域へのアクセスができてなくて、とりあえずこの辺りにある敵のメモリーに多重化して保存しておいた後に、僕が自分のボディに戻れたときに……」

9S、と2Bは遮った。この早口。珍しいものを見つけて興奮しているときの9Sのもの。声が違っても、姿が違っても、それが9Sであることを2Bは知っている。

「良かった……」

「うん」

機械の腕が差し伸べられる。2Bが寄り添うと、9Sはそっと腕を持ち上げた。顔をよく見せて、とでも言いたげに。青い光を放つ両の目を、2Bはいつまでも見つめていた。

西暦一一九四五年五月二日。水没都市沖合に超々巨大機械生命体が出現、空母ブルーリッジⅡを撃沈し、上陸を試みる。それを阻止すべく、周辺の全ヨルハ部隊が応戦。当該個体の撃破に成功。

しかし、破壊時のＥＭＰ爆発により友軍に甚大な被害をもたらしたばかりか、ヨルハ機体９Ｓが内陸部へと落下。敵性個体アダムによって拉致され、長時間に亘(わた)って拘束状態に置かれた。

論理ウィルスの感染等が危惧される為、救出後はバンカーにてデータオーバーホールを行った。その最終シークエンスで問題が発生。バンカーのサーバーとのデータ同期の際に微細なノイズを検知した為、９Ｓは作業を中断。データノイズの原因究明の為、メインサーバーへのアクセスを実行した。

その際、ポート内部で不自然な防壁を発見した9Ｓは、防壁を突破。当機の警告を無視して、防壁内のデータを入手。最重要機密「ヨルハ計画記録」インデックスに到達。

ヨルハ機体9Ｓは、スキャナータイプとしての性能の高さ故に、最重要機密「ヨルハ計画」へと到達し得る可能性が設計段階で予見されていた。その予測どおり、９Ｓはこれまでにも複数回に亘り、メインサーバーへの不正アクセスを試みている。

当機は、通常作戦遂行時に於いては、随行支援ユニットとして9Sの維持管理に当たるが、不正アクセスを検知した際には、速やかに司令部及びE型モデルへ通報する事を任としている。

今回も、メインサーバー内の防壁を突破した時点で司令部への通報を行った。通例であれば、通報後、直ちにホワイト司令官より2Bこと2Eへ処刑命令が下る。命令を受けた2Eもまた、直ちに9Sの自我データのリセット及び特定記憶領域の消去を行う。

しかし、今回に限っては、通例とは著しく異なる対応が為された。司令官は2Eに処刑を命じなかったばかりか、人類会議及びヨルハ計画の概要が記録されたチップを9Sに貸与した。理解に苦しむ行動である。

西暦一一九四五年六月二十六日。地上への大規模侵攻作戦開始。敵基幹ユニット『アダム』『イヴ』の消失により、敵機械生命体の指揮系統に混乱が見られる為である。2B・9S両名は遊撃部隊として作戦に参加。
我々の公表されざる任務の開始も近いと推測される。
報告：ポッド153から042へ。内部ネットワークへの記録を終了。
推奨：最終シークエンスへの準備。

第七章

NieR:Automata 長イ話

9Sノ物語／喪失

『敵ネットワーク基幹ユニットである「アダム」及び「イヴ」の撃破が確認された。現在、敵の指揮系統は一時的な混乱状態にある。この好機を逃さず、人類軍は機械生命体に対し、総攻撃をかける事が決定された。無論、我々ヨルハ部隊も例外ではない』

司令官の顔がポッドの通信画面に映し出されるのを横目で見遣りながら、9S（ナインエス）は廃墟（はいきょ）都市を歩いていた。踏みつけた小枝が乾いた音をたてて折れる。

『思い返せ！　故郷を奪われた苦しみを！』

別に僕は奪われていない、と声に出さずにつぶやく。ヨルハ型アンドロイドが製造されたのは衛星軌道上であって、地上ではない。ただ、司令官は「誰が」とは言っていなかった。ひねくれた解釈をするのは自分くらいで、他の隊員達には言わなくてもわかるから。ここでの主語は「人類」であって、「我々」ではない。

うまい言い方だ。「故郷を奪われた人類の苦しみ」に思いが至ると、戦わなければと思う。人類のために、行動を起こさなければという気になる。そうプログラミングされているからだ。

『我々は諦めはしない！　海を、空を、大地を……おぞましき機械生命体に奪われた地球を取り戻す！』

ここで、「我々」という主語が登場する。「人類の苦しみ」を思い、何か為さねばという下地があってこその、「我々は諦めはしない」だ。人類のために、最後まで諦めずに戦う、という気分にさせてくれる。戦意高揚のための演説とは斯くあるべし、というお手本のようだ。

そんなふうに考えてしまう自分に、微かな嫌悪感を覚えた。そして、その自分に選択の自由を与えた司令官を、少しばかり恨めしく思う。お門違いもいいところだが。

自分で決めるんだな、と言われたときには耳を疑った。メインサーバーへ不正にアクセスしたと告白したにも拘わらず、処罰しないのか、と。

２Ｂと自分の戦闘データをメインサーバーのデータと同期させる作業中に感知した、微細なノイズ。それを看過できずに、９Ｓはメインサーバーを調べることにした。

気のせいで片付けてしまわなかったのは、このところ、「何かの気配」を感じていたせいだ。誰かに見られているような、誰かが近くにいるような……。

ただ、気配と呼ぶにはあまりにも微かで、それこそ「気のせい」で片付く程度のもの。初めてそれを感じたのは、サーバー管理室だった。作業中のディスプレイを背後から覗き込まれているような、視線にも似た気配。その直後にオペレーター２１０が入室してきたから、そのせいかと思って忘れてしまった。

次は格納庫だった。飛行ユニットに乗り込むところを、柱の陰からじっと見つめられているような気がした。けれども、緊急出動だったから、確認できなかった。帰還した後、格納庫を調べてみたが、異常はなかった。

つまり、それらはＳ型の検知能力を以てしても捉えきれなかった。だからこそ、微細であってもノイズという「形」で顕れたそれを見逃したくなかったのだ。

結果的に、ノイズの正体は特定できず、代わりにとんでもない真実を引きずり出してしまった。

人類はもういない、と司令官は言った。メインサーバーへの不正アクセスが発覚し、司令官に呼び出しを食らったときのことだ。

9Sにとっても、都合の良い呼び出しだった。他の隊員達のいない場所で、司令官に問い質してみたかったのだ。なぜ、月面人類会議の設立記録がヨルハ計画の中にあったのか？　人類会議の設立記録の中にヨルハ計画が入っていたのなら、理解できる。ヨルハ型アンドロイドを造ったのは人類で、ヨルハ計画を立案したのも人類なのだから。しかし、ヨルハ計画の中に人類会議の設立記録があるのはおかしい。それでは、まるで司令部が人類会議を造ったように見える。

その疑問を、司令官はあっさり肯定した。そのとおり、月面の人類会議サーバーは我々が設置した、と。さらには、異星人が襲来したときにはすでに人類は滅亡しており、月面に打ち上げられたのは遺された「人類の遺伝子情報」だったと付け加えた。

なぜそんなことを、と問う自分の声がひどく遠かったことを覚えている。なのに、司令官の言葉だけは、やけにはっきりと耳に響いた。

「理由なく戦える者などいない。我々には命を捧げるに値する神が必要なのだ」

すべての記録を保存してあるというチップを9Sに手渡し、これからどうするかを自分で決めろと言い残して、司令官はその場から立ち去った……。

『人類に栄光あれ！』

この言葉。すでに人類はいないと知っている9Sにとっては、どうにも落ち着かない気分にさせる言葉だった。虚しいと切り捨てるには、植え付けられている「人類への忠誠心」が邪魔をする。かといって、これまでのようにただ無邪気に左腕を胸に運ぶ気にもなれない。やりきれない。今の気持ちを一言で表現するならば。

「どうしろって言うんだよ……」

2Bにも伝えるべきなのか、迷った。伝えたほうがいいのだろうな、とは思った。B型はその特性上、常に最前線に投入される。誰よりも危険に晒されることになる。だから、誰よりも知る権利があると思うのだ。己の身と引き替えに地上を取り戻したとしても、それを返す人類はもういない、ということを。

ただ、2Bの気持ちを思うと、このまま黙っておいたほうがいいような気もした。知れば、間違いなく動揺するだろう。途方に暮れるだろう。少なくとも、自分はそうだった。2Bに同じ思いをさせたくない……。

結局、2Bに真実を告げることはできなかった。言葉に出しかけては口を噤み、言葉を飲み込んでは口を開きかけるというのを繰り返しつつ、9Sは2Bのシステムチェックを行った。

チェックが終わった後、部屋を出て行こうとする2Bを呼び止めてはみたものの、それでも言えなかった。口に出したのは「気をつけて」という言葉だけだった。

そして。ついに、最後の大規模侵攻作戦が開始された。

＊

転送装置を使って廃墟都市に降り立ったときに、まず感じたのは物足りなさだった。一人はつまらない、と思った。歩き続けているうちに、物足りなさは寂しさと心細さを連れてきた。

このところ、地上での任務はいつも２Ｂと一緒だったせいだ。今にも倒れそうなビルの間を歩いていても、靴の中がじゃりじゃりする砂漠を歩いていても、油臭い工場廃墟を歩いていても、隣には２Ｂがいた。

それが決して当たり前でないことくらい、わかっている。Ｓ型の地上任務のほとんどが、単独での調査だった。同じＳ型同士でも、作戦行動を共にすることは滅多にない。２Ｂが隣にいるのは、例外的な事態だったのだ。

『……以上が命令です。理解できましたか？』

バンカーのオペレーター２１０との交信中だった。９Ｓは頭をフル回転させて、２１０の言葉を思い出そうとした。

「えーっと……。僕達スキャナー部隊は、総攻撃に備え、敵の防空システムをハッキングで麻痺させる」

『その通りです。よくできました』

「なんか、子供扱いされてる？」

『気のせいです』

２１０は淡々と否定したが、その嘘を見抜けない９Ｓではなかった。現に、防空システムを受信している機械生命体を停止させたときの２１０からの通信は、またも『よくできました』だった。

それだけではない。

『戦闘中は、なるべく当該エリアから離れてください』

「それじゃあ、支援できませんけど？」

調査と情報収集以外にも、戦闘時のハッキングによる支援は、Ｓ型の重要な役割である。対象との距離が離れすぎてはハッキングができないから、戦闘の邪魔にならないような位置取りをしつつ、戦闘区域内に留まっていなければならないのだ。

『貴方のようなスキャナーモデルは戦闘向きではありません』

「あれ？　心配してくれてるんですか？」

『いえ、戦場にいても足手まといなだけですので』

要するに、子供は下がっていろ、ということだ。

「オペレーターさんから見れば、頼りないのはわかるけど……酷すぎる」

そこまで子供扱いしなくても、と思う。サーバー管理室で作業しているときでも、やれ休憩をとれだの、やれ姿勢が悪いだのと口うるさい。

そんなの全部わかってますって、とため息をついたところで、今度は同じ地上からの通信が入った。

『11Sより9Sへ。聞こえますか？』

「聞こえます」

『こちらの担当分作業は全て終了。そっちはどう？』

敵防空システムを無力化する作業には、9S以外のスキャナー部隊員も投入されている。

「こっちも、あとひとつ……かな」

鉄塔上空に陣取っていた機械生命体をたった今、停止させたところだった。通信画面を開いたまま、9Sは梯子を滑り降りる。

『了解。それから、バンカーに戻ったら、データ同期をしておいて』

「あ……忘れてた」

データ同期を保留にした直後に、例の機密を見てしまったせいだ。データ同期のことなんて、今の今まで思い出しもしなかった。

『君の戦闘データが未納だから、スキャナーモデル全体がアップデートできないんです』

反論できない。そのとおりだ。

「この作戦が終了したら、対応する」

『頼みましたよー』

通信が終了すると、9Sは「あとひとつ」を停止させるべく、走り出した。

＊

敵の防空システムを麻痺させた後、9Sはバンカーから降下してきた2Bと合流した。すでに先行部隊によって各所で戦闘が始まっている。9S達は遊撃部隊としてそれらの援護に回ることになっていた。

敵はネットワークから外れた機械ばかりである。統率がとれていない敵を殲滅するのは容易い仕事だった。

それに、今、隣には2Bがいる。9Sにとって、やっと「いつもどおり」に戻ったのだ。

「気を抜かないほうがいい。何があるか、わからないから」

「はーい」

いつもどおりに戦えばいいという安心感のおかげで、肩に入っていた力が抜けた。それが2Bの目には気を抜いているように映ったのだろう。

いずれにしても、こちら側が有利であることに変わりはない。2Bと9Sは挟撃されている部隊を援護し、着実に敵の戦力を殺いでいった。そろそろ終わりが見えてきたか、という頃だった。

「9S、増援が来ていないか、周辺を警戒して!」

これまで機械生命体は、当該エリアの残存個体が一定数を割り込んだ時点で、増援部隊を送り込んできていた。せっかく殲滅したと思っても、数時間後に再訪してみたら、以前と同じ数の敵が我が物顔でのし歩いていたりした。

ただ、それもネットワークが機能していたから可能だったことだ。今となってはその可能性は低いだろうけど、と思いながらも、9Sは周囲を見渡せる高所へ移動した。警戒するのは悪いことではないし、それを行うだけの余力もあるのだ。

崩れかけたビルに登り、敵影がないかを確認する。ひっきりなしに上空を飛び交っていた砲弾のせいで、視界が悪い。それでも、戦闘開始時に比べれば、ましになってきている……。

異変が起きたのは、そのときだった。

『何？　この音？』

通信機から2Bのつぶやく声が聞こえた。ビルの上階まで距離があるからか、その「音」が何なのか、9Sにはわからなかった。ただ、酷く嫌な感じがした。

「2B、その音っていうのは？」

この場所から分析できるだろうか、と思いながら、地上に目をやった。残り数体となった機械生命体を2B達が包囲しているのが見える。と、機械共の動きが不自然に止まった。

球体の頭部が一斉にせり上がる。不規則に明滅する光。放電しているのが遠目にもわかった。

「2Bッ！」

通信機越しに呻き声を聞いた。2B達が頭を押さえてうずくまっている。EMP攻撃だ。それも至近距離からの。

ポッドのアームを摑んで飛び降りた。滑空しながら状況を把握する。小型の二足歩行型が数体。連中の中には、EMP攻撃を行う個体もいるという知識はあった。ただ、報告数が少なかったし、9S自身も遭遇したことがなかった。

「ポッド！　遠距離射撃を！」

放電を続けている個体を機銃で一掃し、9Sは倒れている2Bに駆け寄った。

「大丈夫⁉」

2Bが頭を振って起き上がった。相当なダメージを受けたらしく、うまく直立できずにいる。

「油断……した。再起動しないと……」

「わかった。援護する！」

間の悪いことに、敵の増援が降下してくる。一人で相手をするには数が多い。しかし、再起動しないことには逃げることすらできないのだ。その時間だけは何としてでも稼がないと、と思う。

至近距離の敵めがけて小型剣を飛ばす。と、不意に視界が荒れた。細かな欠損が視野を虫食い状態にする。

「視覚迷彩⁉」

いつの間に、機械生命体がこの技術を習得したのか。迷彩やステルスといった技術は、アンドロイド側のものではなかったのか。

「いったい、何がどうなってるんだ」

いや、混乱している場合ではない。視覚機能そのものに問題はないのだ。単に、敵を視認しづらいだけで。

「2Bは僕が守るから」

視野の中で影のように揺らめく敵めがけて、9Sは突っ込んでいった。

闇雲に剣を振り回していただけだったが、それが却って攻撃力を増したのか、気がついてみれば数体を破壊していた。やがて、2Bが再起動し、残りの敵を片付けてくれた。

敵殲滅と同時に視界が正常に戻った。もう一度、辺りを見回す。敵影はない。他の隊員達も再起動したらしく、次々に立ち上がる。若干、ふらついて見えるのは、まだ本調子ではないのだろう。

不意に、2Bの身体が大きく傾いた。周囲の隊員達が再びばたばたと倒れる。傍らのポッドからアラート音が鳴り響く。

「広域ウィルス!?」

9S自身に感染の兆候はない。ということは、9Sがこの場を離れていた時点、EMP攻撃と前後して、ウィルスが散撒かれ、活性化した。

苦しげに胸を掻きむしる2Bに駆け寄る。広域ウィルスは感染力は高いものの、除去はさほど難しくない。ハッキングしてみると、ウィルスの型も従来のものと同じだった。

この型ならば、ワクチン投与で対処できる。複数の隊員達のウィルス除去には、いちいちハッキングを行うよりもワクチンのほうが手っ取り早いはず……。

ハッキングを終えて義体に戻ると、２Ｂはふらつきながらも立ち上がろうとしていた。

「２Ｂ、無理しないで」

ああ、と答える２Ｂの息が荒い。ＥＭＰ攻撃のダメージから回復しきれない状態でのウィルス感染である。義体への負担はかなりのものだったに違いない。

幸い、敵はいない。２Ｂを休ませている間に、他の隊員達にワクチンを投与して……と、９Ｓが段取りを考えたときだった。

其処此処から聞こえていた隊員達の呻き声がぴたりと止んだ。代わりに、けたたましい笑い声が響き渡る。

「なんだ、これ？」

２Ｂがすかさず９Ｓと背中合わせの位置を取る。それだけで、２Ｂがこの状況を極めて危険と判断しているのがわかった。

その場に倒れ伏してもがいていた隊員達が立ち上がった。甲高い声で笑いながら、一斉に顔を上げる。彼女達の両目が赤い。ウィルス汚染の典型的な症状だ、と思ったときにはもう斬りつけられていた。

「乗っ取られてる⁉」

妙だ。自我の喪失による味方への攻撃は、論理ウィルス汚染の末期症状である。２Ｂをハッキングして調べた限り、これほど急速に汚染が進行する型ではなかったはずだ。

「まさか、新型⁉」

考えている暇はなかった。振り下ろされた剣を避け、距離をとる。

「なっ⁉」

反撃に出ようとしていた2Bが戸惑いの声をあげた。剣が止まっている。攻撃機能が動いていない。

「ヨルハ部隊の識別信号だ！」

混戦となった際の同士討ちを避けるために、ヨルハ型特有の識別信号を出す機体には攻撃できないようにプログラムされている。汚染された隊員達は、すでにこの機能が麻痺しているのだろう、容赦なく攻撃を繰り出してくる。

「2B、こっち！」

今にも倒壊しそうなビルへと駆け込む。このままでは一方的に攻撃されるだけだ。

「ハッキングで2Bの識別回路を焼き切る！　ポッド、援護を！」

ポッド二機に隊員達の足止めをさせ、9Sは再び2Bにハッキングをかけ、識別回路を切断した。

ハッキング終了と同時に、2Bが軍刀を振りかぶるのが見えた。9Sは大急ぎで距離をとる。今、2Bは9Sの識別信号も受信できない。巻き添えにならないようにというよりも、2Bが9Sを気にせずに戦えるように、だ。

ポッド、と9Sは叫んだ。

「司令部に通信を！」

2Bが戦っている間、状況を把握しておきたかった。EMP攻撃を行う特殊な小型兵器、広域ウィルスとは思えない汚染の進行度。何か尋常ならざる事態が発生しているのだ。衛星軌道上からなら、この異変の発生源や原因を解明できるかもしれない。しかし……。

「報告：通信不可能。機械生命体による妨害電波を感知」

「どこだ⁉ そいつはどこにいる⁉」

153が妨害電波の発信源を検知する作業に移った。

「報告：妨害電波の発信源を特定。マップにマーク」

大型の敵個体の反応だった。場所はさほど離れていない。2B、と通信機越しに呼びかける。近距離での通信には何の異常もなく、クリアな音声で『9S？』と答えが返ってくる。

「今から、妨害電波を出している個体のところに向かう！」

『わかった。ここを片付けたら、私も行く』

2Bは「片付けたら」と何気ない口調で言ったが、実際のところはヨルハ隊員を、それもB型を同時に複数相手にするのは、並大抵のことではないはずだ。

通信を終えると、9Sは陥没地帯の中心部へと走った。そこに妨害電波を出している大型の敵がいる。2Bが戦闘を終えるまでにそいつを止めてやる、と思った。

結局のところ、止(とど)めを刺したのは、やはり2Bだった。9Sも何度かハッキングをかけ、運動機能を阻害させたり、特定部位を爆破したりと、少しずつ停止へと追い込んでいったが、2

Bが戦闘を終えて駆けつけるほうが早かった。

2Bの放った一撃で、大型兵器は完全に沈黙した。当然、妨害電波も止まり、ジャミングは解除されたはずだった。

司令部に通信、と2Bがポッド042に命じた。これで何が起きているのかがわかる。それに、あれだけの数のヨルハ機体がロストしたのだ。汚染もまだ続いているかもしれない。一刻も早く報告しなければと思った。

「ポッド！」

なかなか通信画面を開かない042に、2Bが焦れた声で急かした。

「通信ロスト。司令部に接続できず」

「くそっ！　まだジャミングが！」

「否定：通信環境は良好」

どういうことだろう？　9Sと2Bは思わず顔を見合わせる。しかも、続く042の説明は、想像を絶するものだった。

「通信ロストは接続認証の失敗によるもの。現在、司令部の通信機能は完全に沈黙」

「バンカーでいったい何が……」

司令部の通信機能そのものが沈黙しているということは、単なる通信障害では済ませられない。地上の部隊が孤立してしまった、という意味なのだ。いわばネットワークから切り離された機械生命体と同じ。ついさっきまで、「統率がとれていない敵を殲滅するのは容易い」と思っていた自分達が、まさにその状況に陥ってしまうとは。
しかし、それ以上、考え込んでいるわけにはいかなくなった。
「報告：敵性ヨルハ機体、多数接近」
敵性ヨルハ機体。ウィルス汚染された隊員が他にもいたというのか。それも……多数。
顔を上げると、黒い戦闘服に身を包んだ隊員達が陥没地帯を包囲している。これだけの数を
たった二人でどうこうできるとは思えなかった。こちらが二人ともB型ならまだしも。
『貴方のようなスキャナーモデルは戦闘向きではありません』
オペレーター210の言葉が脳裏をかすめる。そう、まともに戦ったのでは、S型は足手ま
といにしかならない……。
目を赤く光らせた隊員達が斜面を滑り降りてくる。包囲網が一挙に狭まる。2Bが抜刀して
身構えた。
何とかして救援を呼ぶことはできないだろうか。そうだ、バンカーには非常用のバックドア
がある。そこに侵入して、サーバー経由でオペレーターさんに連絡を……ダメだ、それじゃ間
に合わない。救援部隊が降下してくるまで、持ちこたえられるとは思えない。
いや、救援を呼ぶ必要はないのではないか？
「ポッド、通信環境自体は良好だって言ったよね？」
肯定、と153が答える。陥没地帯周辺の通信帯域なら、一度に大量のデータをやり取りで
きるはずだ。だからこそ、妨害電波を出す大型兵器はこの場所に陣取ったのだから。

「ここをブラックボックス反応で吹き飛ばす」

2Bがぎょっとした顔になる。9Sは急いで説明した。

「バンカーには非常用のバックドアがあるから、そこから僕と2Bのパーソナルデータを全部アップロードしておけばいい」

義体を捨てて帰還するのだ。9S自身は覚えていないが、そのやり方で2Bと9Sは、複数の超大型兵器を殲滅したと聞いている。

わかった、と2Bが答えるのと、隊員達が襲いかかってくるのはほとんど同時だった。そして、9Sがデータアップロードを開始したのも。

9Sは四方から飛んでくる斬撃を回避し、防御に徹した。アップロード作業中では、ハッキングで応戦するというS型お得意の戦法は使えない。もっとも、これだけの数だ。作業中でなかったとしても、ハッキングはできなかったに違いないが。

「9Sッ！　まだ⁉」

2Bの声に焦りの色が滲む。七十パーセントを超えたところだった。通信環境良好とはいえ、データ容量が半端なく大きい。

「もう少し！　九十二パーセント！」

背中に灼け付くような痛みを感じた。攻撃をまともに食らったのだが、構うことはない。この義体は数秒後には不要になる。

「2B！　ブラックボックスを！」

ログデータのアップロードが完了した。９Ｓはブラックボックスを取り出しながら、２Ｂの元へと走る。

「９Ｓッ！」

２Ｂがブラックボックスを差し出すのが見えた。そこで視界が激しく揺れた。隊員達に押し倒されたのだ。

どこかが折れる音がした。構わずブラックボックスを握る手を前へと差し出す。２Ｂのブラックボックスが見える。あと少し。しかし、２Ｂもまた隊員達に取り押さえられている。

身体の至る所が押し潰され、へし折られている。もはやどこを破壊されたのか、どこが痛いのかすら、わからない。手が震える。２Ｂのブラックボックスが近づく。

白い光に両の目を灼かれた。どうせ、すぐに忘れる光景だ……。

＊

目を開けると、自室の天井があった。ブラックボックスを取り出したところまでしか覚えていないが、バンカーにいるのだから成功したのだ。

飛び起きて、通路に出る。すでにポッドが待機していた。工場廃墟での殲滅戦のときには、通信帯域が狭かったせいでポッド・プログラムの転送まではできなかった。今回は、二人分のパーソナルデータに加えて、１５３と０４２のプログラムも同時にアップロードできた。もともと、ポッド用のプログラムはたいした容量ではない。

2Bの部屋へと走った。2Bは無事に義体に戻れただろうか、と少しばかり不安になった。何しろ、バンカーの通信機能が完全に沈黙するという異常事態の真っ最中である。

しかし、それは杞憂だった。9Sがドアをノックしようとした、まさにそのタイミングで、ドアが開き、2Bが飛び出してきた。

「司令部に報告を」

言うが早いか、2Bが走り出す。9Sも後を追う。急がなければ。もしかしたら、司令室は今頃、アラート音が引っ切りなしに鳴り響き、パニック状態に陥っているかもしれない……。

しかし、その予想は大きく外れた。司令室は静かだった。通信が遮断されて真っ暗になっているはずのモニターには、地上の様子が映し出されている。ヨルハ部隊と機械生命体とが、至極当たり前に交戦している光景が。

「これは……？」

違う。地上のヨルハ部隊員の多くはウィルス感染によって自我を失い、戦線は崩壊しているはずだ。なのに、司令官はその場にいる隊員達と、地上の部隊とに次々と指示を与え、オペレーター達は淡々と端末を操作している。誰一人として、モニターに映し出されている映像を疑ってはいない。

「司令官！」

「2B？　9Sも」

怪訝そうな表情を浮かべて、司令官が振り返る。

「いったい、何をしているんだ？」

「地上のヨルハ部隊がウィルスによって乗っ取られたんです！　僕達は暴走したヨルハ部隊をブラックボックス反応で……」

　９Ｓはそこで言葉を切った。自発的にではなく、気圧されて口を噤んだ。司令官が射るような視線を向けてきたからである。

「ウィルス？　何を言ってるんだ？　地上からはそんな報告上がってないぞ？」

「あれは擬装です！」

　あるはずのない光景を映し出しているモニター。これを真実だと思い込んでいるとしたら、どう説明すれば納得してもらえるのか。

「現在、バンカーの通信は封鎖されていて……」

「そもそも、命令もなく何故戦場から戻った？」

　司令官の双眸に冷たい光が宿る。何を言っても信じてもらえないのではないか、そんな考えが頭をもたげる。と、それまで黙っていた２Ｂが叫んだ。

「だから、ヨルハ部隊が暴走して！」

　２Ｂの剣幕に驚いたのか、司令官が小さく息を呑む。探るように２Ｂを見、９Ｓを見た後、その口から信じ難い言葉が飛び出した。

「汚染されているのは、お前達じゃないのか？」

「違うんですッ！」

なぜ、わかってくれない？　地上も、バンカーも、極めて危険な状態にあるということに、なぜ、気づかない？

しかし、9Sの必死の叫びは届かなかった。

「2B、9S、貴様達をウィルス汚染の疑いで拘束する」

「待ってくださいッ！」

武装した隊員達が問答無用に銃を向けてくる。こんなことをしている間にも、地上では汚染されたヨルハ隊員達が仲間同士で殺し合っているというのに。

9Sは絶望的な気持ちで銃口を見つめる。と、その銃口が揺れた。ぐうっ、という呻き声を上げげて、隊員達が体を折る。音を立てて銃が落ちる。

「まさか、これは……」

どこからともなく、笑い声が聞こえた。せいかーい、という戯けた声はオペレーター60のもの。うずくまっていた隊員達が立ち上がり、顔を上げる。その瞳が赤い。

「汚染⁉」

武装していた隊員達だけではなかった。司令室のオペレーター達の瞳も赤く染まっている。

なぜ、という疑問と、やはり、という確信とが9Sの中で交錯した。

「バンカー内部にまでウィルスが入り込んでいたのか……」

わかっていた。モニターに映し出された光景を目にした瞬間から。

「それも、せいかーい！」

「オペレーターさん……」

違う、と2Bが絞り出すような声で言った。

「9S、あれは……」

「そう。私達は機械生命体」

オペレーター6O（シックスオー）の姿をした「それ」は、楽しげに笑っている。

「ネットワークとウィルスを通じて話しかけている」

ウィルスを通じて？　そんなことが可能なのだろうか？

「ずいぶん楽しませてもらったけど、もうこの基地は終わりだね」

きゃははは、と耳障りな笑い声を立てながら、6Oが、他のオペレーター達が、武装した隊員達が襲いかかってくる。

「司令官！　退避します！」

2Bが9Sに視線を投げてくる。9Sはうなずいた。司令官を守りながら、ここを脱出するのだ。

2Bが隊員達と交戦している間に、9Sが先導して司令官を通路へと連れ出した。楽しいなあ楽しいなあ、と6Oの声が追いかけてくる。仕込んでおいたウィルスがこんなに花開いているよ、と。

仕込んでおいたということは、以前から機械生命体はバンカーに入り込んでいたのだ。あの、誰かに見られているような不快感。調べても何も出てこなかったから放置したけれども、あれの正体こそが機械生命体だったのだろう。

通路にいた隊員達も一人残らず汚染されていた。ついさっきまで仲間だと信じて疑わなかった隊員達を片っ端から撃ち殺さなければならなかった。

「どうして、お前達二人は汚染されていないんだ？」

「おそらく、僕がデータ同期を保留していたからです。データ同期を行おうとしたら、不自然なノイズがあったので、それが気になって……」

あれは気のせいではなかった。あるかなきかの微細なノイズの正体は、ウィルス化した機械生命体だった。もしも、あの時点で異変に気づいてウィルス除去を行っていたら、これほど多くの同胞を失わずに済んだのだろうか。

「メインサーバーまで潜って調べてみたんですが、そのときは……」

いや、無理だ。検知すらできないウィルスをどうやって除去するというのか。

「そうか。そういう事だったのか……」

司令官が低くつぶやく。９Ｓの不正アクセスの顛末は司令官も知っている。２Ｂが襲いかかってくる隊員を薙ぎ払いながら叫ぶ。

「司令官！　この基地はもうだめです。脱出しなければ！」

どこかで爆発音がした。バンカー自体が内側から破壊されている。

「転送装置は汚染されています。格納庫から飛行ユニットで脱出しましょう」

いつもなら、格納庫までは目と鼻の先である。それが今は遠い。たどり着くまでに何人の仲間を殺さなければならないのか。

完全に乗っ取られている者もいる。わずかに意識が残る者もいる。人類に栄光あれ、と繰り返しながら銃を乱射する者もいる。そのすべてを斬り殺し、撃ち殺して、9S達は通路を進んだ。

ようやく格納庫の扉にたどり着いた。また爆発音がした。さっきよりも大きい。床が波打って見えるほど大きな揺れが来る。

「司令官、早くッ！」

2Bが司令官の腕を取る。が、それはゆっくりと、しかし強い力で振り解かれた。

「私は、行けない」

うつむいていた司令官が顔を上げる。その目がすでに赤い。

「私も……サーバーとデータ同期をしていたからな」

「でも、それなら9Sがウィルス除去を」

2Bの言葉を司令官が遮る。

「そんな時間は無いッ！」

断固とした口調だった。

「お前達二人は、最後のヨルハ部隊なんだ！　生き残る義務がある！」

「司令官……」

「それに、私はこの基地の司令官だ。最後まで上官らしく、いさせてくれ」

でも、と2Bがなおも言い募ろうとしたときだった。一際(ひときわ)大きな爆発音が響きわたった。突き上げるような振動に、身体が意図せぬ方向へと引っ張られる。

「２Ｂ！　もう基地が……！」

これ以上は保たない。９Ｓは２Ｂの腕を摑む。

「司令ッ！」

それでも２Ｂは司令官を見つめ続けている。すがりつくようなその目は、９Ｓの知らない２Ｂのものだ。２Ｂが司令官に全幅の信頼を寄せているのは知っていた。ただ、その理由は知らない。知ってはならない理由だったのだと、今、わかった。

けれども、２Ｂが司令官を救い出したいように、９Ｓもまた２Ｂを救いたい。何が何でも２Ｂを守りたい。だから。

「行こう、２Ｂ！」

９Ｓが２Ｂの腕を引っ張るのと同時に、司令官も２Ｂを突き飛ばした。……格納庫の中へと。

「行け！」

格納庫のドアが閉まる瞬間、司令官の唇が「２Ｂ」と動いたように見えた。そのとき、２Ｂがどんな顔をしたのかはわからない。

「２Ｂ、急がないと！」

９Ｓは２Ｂの腕を離した。もう離しても大丈夫だとわかっている。

「わかった」

２Ｂが低く答える。飛行ユニットを装備し、射出口を解放する。冷たい闇に向かって飛んだ。

出力を最大にした瞬間、背後が真昼のように明るくなった。バンカーが爆発したのだ。

それでも飛ぶ。四散するバンカーの残骸を回避しつつ、ひたすらに地上を目指した。生き延びる義務がある、という司令官の言葉が頭の中をぐるぐる回っている。

大気圏に降り注ぐ残骸が熱と光を放ち、輝いている。遊園地廃墟で見た花火のようだ、と思う。あの日、資材コンテナの打ち上げを物珍しそうに眺めていた2B。あの光景を見ることはもう二度と、ない。

ヨルハ部隊の基地であり、9S達の住処でもあったバンカーは、音もなく爆発し、そして、音もなく消えた。


大気圏突入後は、廃墟都市を目指して飛んだ。汚染されたヨルハ隊員が残存している可能性もあるが、他に行く当てなどなかった。

むしろ、残存兵力を殲滅するのは生き残った自分達の義務だろう。放置すれば、レジスタンス達にも危険が及ぶ。

そのときだった。ポッドの音声と共に、位置情報画面が表示された。

「警告：追尾反応多数」

「敵⁉」

そうだった。地上にはまだ機械生命体がいる。上空にもいるだろう。アダムとイヴの消滅によって、機械のネットワークも破壊されたかのように思っていたが、そうではなかった。バンカーに侵入した機械生命体は「ネットワークとウィルスを通じて話しかけている」と言っていた……。

『違う！』

通信機から2Bの悲鳴にも似た声がした。

『この反応は……』

言われなくてもわかった。追尾している機体の表示はグリーン。ヨルハ部隊だ。もちろん、助けに来てくれたわけではない。

サーバーとのデータ同期はヨルハ隊員の義務だった。2Bと9Sがウィルス感染を免れたのは、その義務を怠ったという、決して褒められたものではない理由による。

故に、大半の隊員がウィルスに汚染されている。ひょっとしたら、自分達以外の全員が。

『君の戦闘データが未納だから、スキャナーモデル全体がアップデートできないんです』

11Sの言葉が事実なら、9S以外のスキャナーモデルはデータ同期を済ませていることになる……。

汚染ヨルハの飛行ユニットが一斉に攻撃を開始した。咄嗟にステルス機能をオンにしたが、この数では気休め程度のものだった。汚染ヨルハ達は同士討ちを全く恐れていない。どの機体も所構わず銃弾をまき散らし、ミサイルを乱射していた。

鉄の棒で背中を殴られるような衝撃が来た。被弾したのだ。S型が戦闘行為に不向きなのは地上戦に限った話ではない。

『9S！　機体制御を貸して！』

「えっ？」

『ここを突破する』

　2Bは敵の防空システムを掻い潜って、何度も地上に降下している。空中戦のスキルは9Sなどとは比較にならないほど高い。

「わかった」

　複数の機体制御は負担だろうが、それでも自分がのろくさと操作するよりマシなはず、と9Sは考えた。とにかく足手まといになりたくなかった。

「ポッド」

「了解：機体制御を2Bに移行完了」

　不意に四肢が軽くなる。飛行ユニットからかかる負荷が消えたせいだ。

『9S搭乗機体の制御を掌握』

　通信機越しにポッド042の声が聞こえてくる。

『コース自動設定』

　飛行ユニットががくりと揺れる。

『戦線空域からの離脱ルートに入る』

　いきなり、横方向へと強く引っ張られた。

「ちょっと！　待って！　何これ……」

9Sは飛行ユニットの中でもがいた。そんなことをしても無駄だとわかっている。機体制御は2Bに渡してしまった。

『ヨルハ機体2B、ステルス機能を解除』

銃弾が飛び交う真っ只中に、2Bの機体の輪郭が露わになる。

「そんな……！　2B！」

2Bは最初から自分が囮になるつもりでいたのだ。9Sを安全な場所へ逃がすために。

「ダメだよ！」

二人でここを突破すると思っていたから、機体制御を渡した。2Bには二人で生き延びるための策があるのだろうと信じたから。

「こんなのイヤだ！」

2Bの飛行ユニットが汚染機体に包囲され、集中砲火を浴びている。

「こんなの……僕は望んでいない！」

9Sの意志に関わりなく飛行ユニットは飛び続ける。やがて2Bの機体も、汚染ヨルハ達の群れも見えなくなった。

Another Side "A2"

ヨルハ型と戦うのは慣れていた。追撃を命じられた二号と九号を何度も返り討ちにしてやった。ただ、ウィルスに汚染され暴走状態に陥った新型となると、戦う機会はそう多くない。おまけに、いきなり大勢に取り囲まれるのも珍しいから、些か勝手が違って戸惑った。

もっとも、汚染されていようがいまいが、数が多かろうが少なかろうが、やる事は同じだ。この地上に、もう仲間はいない。だから、誰かに会ったら、問答無用で破壊する。ずっと、そうやってきた。

だから、出会っても戦いにならなかった事に、酷く驚いた。

「ここまで……かな」

私と同じ顔をしたヨルハ型が現れたのは、汚染ヨルハ共と戦っている真っ最中だった。再会だった。以前も顔を合わせるなり戦いになったから、今回も戦う事になるのだろうと思った。けれども、汚染ヨルハを片付けた後、彼女と戦う事はなかった。

彼女もまた、論理ウィルスに感染していた。ゴーグルが外れて現れた瞳は赤かった。

「これは、私の記憶」

彼女はそう言って、軍刀を地面に突き立てた。言っている意味がよくわからなかったが、要するに、戦う意志は無い、という事なのだろうと解釈した。ウィルス汚染が相当進んでいるらしいのに、彼女はまだ自我を保っていた。

「みんなを……未来を……お願いするね。Ａ２」

この二号と会ったのは、森の城だった。他の二号達と同じく、一度は剣を交えた同士だ。なのに、彼女は私に頼み事をしようとした。よりにもよって敵だった私に。聞き入れてやる義理などなかったが、私は断れなかった。

ウィルスに汚染された仲間達をこの手で殺してきた。仲間達と同じ言葉を口にされて、断れる筈が無い。彼女がそれを知っている訳が無いのに、必死に言葉を絞り出す様子は、最後に殺した仲間とそっくりだった。

わかった、と答えると、彼女は心底ほっとした表情になった。

彼女の軍刀を引き抜くと、「私の記憶」の意味がわかった。旧型の私が前線にいた時代にはまだ実装されていなかったが、今のヨルハ部隊に支給されている武器は、記録媒体としての機能を備えていた。

そういう機能を有した武器を開発している話は知っていた。人間の記憶は脳だけに宿るのではない、という思想に基づく設計だという。武器だけでなく、記録機能を有した衣服や靴の開発も、当時から進められていた。

人類はあらゆる場所に記録を残していた。とりわけ、私的な記録となると、紙媒体だけでなく、机の上や住居の壁、果ては自らの手のひらにさえ文字を書いていたらしい。

また、人類には「手に覚えさせる」という行動様式があったという。記憶領域の無い身体の部位に、どうやって記憶させるのか、私にはよくわからない。

いずれにしても、開発部は、使用者の記憶を保存する機能を武器に付与した。実際に手にしてみると、これはこれで悪くないと思えた。

彼女が目にしてきた光景を私も見た。彼女が耳にした言葉を私も聞いた。彼女が感じた痛みを私も感じた。彼女自身の意思や感情までは記録されていないから、ただ事実が事実のままに記録されているだけだ。だから、そのとき彼女がどう思っていたのかまではわからない。

それらの記憶の中に、私は懐しい名前を見つけた。アネモネ。かつて作戦行動を共にしたレジスタンス。生きていたのだ。その情報をもたらしてくれた彼女に、私は感謝した。その返礼として、彼女の願いを叶えようと思った。

バンカーが落ち、暴走した仲間達に集中砲火を浴び、9Sを逃がす為に囮となり、水没都市に墜落し、自らもウィルスに汚染され、力尽きる寸前に私と出会った、彼女の記憶と願いを……

私は受け入れた。

「ああ、ナインズ……」

それが最期の言葉だった。２Ｂ（トゥビー）と呼ぶ声に振り返り、彼女は微笑（ほほえ）み、死んだ。

彼女から引き抜いた刀で、私は髪を切った。彼女に託されたものを受け取った証として。同じ顔を持つ死者への手向（たむ）けとして。

たった今から、貴女と同じ姿で生きていこう。私にできるのはそれくらいだから。

突然、辺りが激しく震え出したのは、その直後だった。大地に亀裂が走り、巨大な何かが私達のいた一帯を破壊した。

土煙の中から、真っ白な何かが生えてくるのを見た。それがどこまでもどこまでも上へと伸びていくのも。ただ、その正体を見極める事はできなかった。

私と、２Ｂの死体と、剣を振りかざして向かってきた９Ｓは、崩落する橋や瓦礫（がれき）と一緒くたになって谷底へと吸い込まれていった。

第八章

第八章

NieR:Automata 長イ話

９Ｓノ物語／巡礼

夢を見ていた。見たくもない夢だった。妙に鮮明で、不愉快な……現実の記憶。

強制的に戦線を離脱させられた後、飛行ユニットが着地したのは、廃墟都市だった。9S達がブラックボックス反応で、汚染ヨルハもろとも機械生命体共を一掃していたために、敵性反応が最も薄く、危険が少ないと判断されたのだろう。

「2Bのブラックボックス信号を検索！」

地上に降りて、まずポッドに命じたのがそれだった。2Bの目的は、自分が囮になって9Sを安全な場所へ逃がすこと。だとすれば、9Sの飛行ユニットが見えなくなった時点で、2Bも戦線から離脱を図ったはずだ。……その前に撃墜されていなければ、だが。

「報告：2Bのブラックボックス信号を検知」

「場所は⁉　位置情報を早く！」

しかし、ポッドはマップ画面を表示しようとはしなかった。

「警告：大型の振動を感知。地下の構造が不安定になっている模様。大規模地震の可能性を示唆」

それがどうした、と9Sは苛立つ。

「位置情報は⁉」

「推奨：早急な離脱」

「離脱なんかする訳ないだろうッ！」

ようやく位置情報が表示される。商業施設跡地だ。良かった。近い。9Sは走った。浅瀬を渡り、雑草を掻き分け、瓦礫に足を取られながらも走る。ポッドの言葉を裏付けるように、足許が揺れている。構わず走る。

深い谷間に架かる吊り橋を渡る。2Bの現在地はこのすぐ先だ。

「いた！　2B！」

よく知っている識別信号と、見慣れた後ろ姿。ただ、一人ではない。誰かと一緒だ。

「2B、大丈……」

足が凍り付いた。2Bの背中に何かが生えている。赤くて尖った……。

「2Bッ！」

ああ、と2Bが振り返る。胸を刺し貫かれたまま。

「そんな……2B……そんな……」

2Bの身体が横倒しになる。血塗れの刀を手にしたA2がいる。2Bは倒れたまま動かない。

ブラックボックス信号が検知できない。

「うわああああああっ！」

2Bを殺した。あの旧型ヨルハが。A2が。

喉が激しく震えた。殺してやる。吊り橋が揺れている。殺してやる。殺してやる。殺してやる……！

落下する感覚。Ａ２が見えなくなる。身体が叩きつけられる。真っ暗になった。

唐突に夢が終わり、闇が消えた。明るくなった視界に、ぼんやりと赤い影がある。

「あ、気がついたみたいよ、デボル」

赤い影がふたつに増える。赤い頭がふたつ。そういえば、赤い髪のアンドロイドがいたな、と考える。

「おはよう。よく寝たな、９Ｓ」

「貴方、二週間も眠りっぱなしだったのよ？」

この声。思い出した。デボルとポポル。レジスタンスキャンプで雑用をしている双子のアンドロイド。今日は包帯を巻いてないんだ、とぼんやり考える。この二人はいつも生傷が絶えないというか、どこかしらに包帯を巻いたり、絆創膏を貼りつけたりしているのだ。

「見つけてきた私に感謝しろよ？」

からかうような口調はデボル。アダムに拉致された９Ｓを捜索する際、彼女の造った特殊スキャナが役に立ったと２Ｂが言っていた。２Ｂ……。

また悪夢の中へと引き戻されそうになる。あれは夢だ。悪い夢だ。９Ｓは起き上がった。

「２Ｂは？」

ポポルが無言で目を伏せる。デボルの顔からおどけた表情が消え、沈んだ表情へと変わった。

「お前のほうが、よく知ってるだろ？」

ここは夢の中ではない。現実の、レジスタンスキャンプ。

「ブラックボックス信号も……切れてる」

「……そう」

あれは夢ではなかった。2BはA2に殺された。バンカーが落ちた今、予備の義体もなければ、自我データのバックアップもない。戻るべき身体も、戻すべき記憶も……失われている。

これが、死？　よくわからない。うまく考えられない。頭の中に欠損が生じたようで、目の前の光景と記憶とが噛み合わない。言葉だけが意識の表面を上滑りしているような。

借り物のような視野の中に、ポッドが割り込んでくる。

「デボル・ポポルタイプのアンドロイドは、治療・メンテナンスに特化した希少なモデル。バンカーなき今、彼女達が居なければ9Sの修理・補修は厳しいと予測」

何を言われたのか、今ひとつ理解できなかった。

「推奨：感謝の言葉」

ああ、それもそうか。

「……ありがとう」

本当に？　感謝しているのか？　わからない。何もかもが頼りなくて、ぼやけている。

「私達のタイプは、昔は大勢いたんだ」

そう言いながら、デボルは9Sのゴーグルを差し出した。さっきから、見るものすべてに現実感が乏しいのは、ゴーグルが外されていたせいだったのかもしれない。

「何でも、大規模システムの管理を任されていたらしい」

……だめだ。ゴーグルを付けても変わらない。見慣れているはずのレジスタンスキャンプの光景は、やっぱり色褪せて見える。

「らしいって、どういう事？」

失望を押し隠して、9Sは機械的に問いを口にした。

「当時の記録は消去されているから、何があったかわからない。私達のモデルは……過去に暴走し、事故を起こしてる。同型機は事故後にほとんど処理された」

言葉はきちんと聞こえているのに、意味もおそらく理解しているのに、収まるべきところに収まってくれない、そんな感じだった。それでも、自分が話さずに済むのは有り難い。

「私達が処分されていないのは……」

今度はポポルが口を開く。

「再び暴走しないように、サンプルとして監視される為なの」

事故。暴走。監視。今までの自分なら、好奇心を覚えて根掘り葉掘り尋ねていたに違いない。

『行き過ぎた好奇心は悪趣味』

2Bの声が聞こえた。はっきりと。とてもリアルに。

「でも、おかげで、こうやって仲間を助ける事ができる。それが、私達が犯した罪への償いだデボルの声が遠い。目の前にいるはずなのに。妙だ。この場にいるはずのデボルとポポルの声よりも、この場にいないはずの２Ｂの声のほうがずっと鮮明に聞こえる。

自分は今、どこにいるのだろう？　踏みしめているこの大地は、実在しているのだろうか？

「あまり無理しないでね。９Ｓ」

ポポルの言葉が背後から聞こえて、９Ｓは、いつの間にか立ち上がって歩き出していたことに気づいた。

＊

「何だ……これ？」

レジスタンスキャンプを出るなり、９Ｓは呆然としてそれを見上げた。本来ならば、そこには空が広がっているはずだった。陥没地帯には、建造物など何もないはずなのだから。

しかし、白い筒を捩り上げたような、奇妙な形の巨大な「何か」が空を狭めていた。

「地下空間より出現した巨大構造物」

単なるつぶやきを質問と解釈したらしく、ポッドが答えた。

「機械生命体の手によるものと考えられるが、詳細は不明」

「機械…生命体……」

メインサーバーに侵入し、ヨルハ隊員達にウィルスを散蒔き、バンカーを落とした元凶。

陥没地帯へ向かって走った。破壊してやる、と思った。2Bを破壊したのはA2だが、それを明確な死へと変えてしまったのは機械生命体だ。予備の義体と自我データのバックアップさえ残っていれば、2Bは戻ってくることができた……。

「僕が寝てた間、二週間の間に何が起きた？」

走りながら、ポッドに尋ねた。さっき、ポポルは「貴方、二週間も眠りっぱなしだったのよ」と言った。それだけでも、ダメージの深刻さが推測できる。ただ、9S自身は怒りにまかせて叫んだところまでしか覚えていなかった。

「報告：巨大建造物の出現により大規模な地震が発生。9Sは地盤の崩落に巻き込まれて谷底に転落、義体とシステムを損傷」

「谷底？　デボルはそんな場所まで？」

「推測：当該エリアにしか存在しない素材を収集する為」

デボルとポポルが請け負っている「雑用」というのが、危険を伴ったり、遠方であったりと、他の誰もがやりたがらないものばかりだと聞いたことがある。

『それが、私達が犯した罪への償いだと思っている』

おそらく、過去に起こした暴走事故のことを指しているのだろうが、9Sの目には彼女達が自罰的に過ぎるようにも映る。彼女達の罪とはそれほどまでに重いものなのだろうか？　周囲のアンドロイドが彼女達に冷たく当たっているように見えたのも、思い過ごしではなかったということか？

もっとも、それを知ったところで、彼女達にしてやれることはない。課された罰が罪の重さに見合っていないとしても、彼女達自身がそれを望んでいるのなら、こちらが何をしても余計なお世話というやつになってしまうだろう。

「それで、A2は?」

9Sが今、誰よりもその罪を償わせたいと思っている者の行方(ゆくえ)。何よりも欲しい情報だった。

「現在位置・生死共に不明」

「わかった」

A2の死亡と生存、9Sはその両方を望み、両方を望んでいなかった。死んでいればいいと思う反面、生きていて欲しいとも思う。この手でA2を殺したいから。不明という曖昧な事実は、そんな相反する願いを見透かしているかのようだ。

口許に違和感を覚えた。口角が上がっている。可笑(おか)しくもないのに笑っていたのだ。しかし、9Sにはそれが至極当然であるように思えた。

*

陥没地帯に出現した巨大構造物はひとつだけではなかった。空に突き刺さらんばかりの高さの構造物が中央にあり、その周囲にさほど高くもない構造物が三つ。円錐形のそれらは、地面から生えた角のようだ。

瓦礫だらけの坂道を駆け下り、中央の巨大構造物へと向かう。円錐(えんすい)形のものは無視した。その高さの差は、重要度の差に違いないからだ。

「巨大構造物中央部から、地上へ伸びている部分に移動構造物を確認」

「移動？　エレベーターか」

「肯定」

わざわざエレベーターを設置したのだとすれば、内部での移動を前提とした施設、ということになる。いったい何のための建物だろう、という疑問が浮かび上がりかけて消えた。どうせ、壊してしまうのだ。その用途を知ったところで何になる？

ただ、そう簡単にはいかなかった。想定の範囲内ではあったが、建造物は周囲に巡らせた障壁によって守られていた。物理的に壊せないならと、ハッキングを仕掛けても、これまたあっさりと防御された。そんな9Sを嘲笑うかのように、どこからともなく奇妙な声が降ってくる。

『こんにちは！　「塔」システムサービスです』

舌っ足らずな口調は、生意気な子供を連想させた。音域も、成人女性の声より高い。そういえば、昔、開発部で「少女」や「少年・変声期前」といったボイスサンプルを聞かせてもらったが、それに似ている気がする。

『大変申し訳ありません。「塔」メインユニットへのアクセスには、サブユニットのロック解除が必要です。お手数ですが、よろしくお願いします』

中央の巨大建造物が「メインユニット」で、周囲の円錐形の建造物が「サブユニット」と称するものらしい。

「疑問：機械生命体がこのようなアナウンスを行う理由」

「奴らのやる事に理由なんか無いさ」

馬鹿馬鹿しいとは思ったが、力押しで近づけない以上、手順を踏むしかない。9Sは剣を抜くと、力任せに「サブユニット」とやらを斬りつけた。強い放電と共に、剣が弾き飛ばされる。

『こんにちは！「塔」システムサービスです。「塔」サブユニットへのアクセスには「アクセス認証キー」が必要です。申し訳ありませんが、アクセスを許可する事はできません』

楽しげな声だった。バンカーで6Oを乗っ取った機械生命体の「楽しいなあ楽しいなあ」という声を思わせるような……。

『その代わりと致しまして、今回は初回アクセスをされた方に特別なサービスとして、「資源回収ユニット」へのツアーにご招待いたします！』

その瞬間、ノイズを感じた。通信機でもディスプレイでもなく、脳内をざらりとした何かで撫でられたような、不快感だった。

『またのご来訪を心よりお待ち申し上げております』

「何だ、今のは……」

9Sは思わずこめかみを押さえる。

「敵システムからの強制通信。『資源回収ユニット』と称する物体の場所を通知」

ポッドが位置情報を表示させる。同じものが9Sのゴーグルにも表示されていた。その場所で「アクセス認証キー」とやらを手に入れて、三つの「サブユニット」にアクセスし、その上でなければ「メインユニット」のロックは解除されない、ということらしい。

「ふざけやがって……」

機械生命体のおふざけに付き合わされるのは業腹だったが、外側から強引に破壊する手段を持たない以上、内部に侵入して破壊する以外に手立てはない。9Sは盛大にため息をつく。

「とりあえず、森の国だな」

資源回収ユニットとかいう、妙に実用的な名称のモノの所在地だ。まずは陥没地帯の「塔」を破壊するための手続きを済ませてしまおうと思った。

「推奨：レジスタンス部隊への合流と、命令系統の再確認」

「命令？ そんなもの、どうでもいい」

機械生命体を殲滅し、A2を殺す。誰に命令されたのでもなく、自分自身が決めたことだ。

*

商業施設跡を抜け、森林地帯に入った。2Bと二人でここを訪れてから、まだいくらも経っていない。他愛もない雑談をした、あのときから。

『そうだ、平和になったら、一緒に買い物に行きましょうよ。2Bにお似合いのTシャツとか買ってあげます』

『Tシャツ？』

『あれ？ 要らないですか？』

『いや……。その日が来たら、いつか行こう』

『本当ですか⁉　約束ですからね！』

『ああ』

本気で言っていたわけではなかった。たぶん、2Bも。戦いが終わって平和になるなんて、想像もつかなかったからだ。ただ、いつか、そんな日が来ればいいな、と少しだけ期待していた。人類が地上に戻ってきて、商業施設が再建されたら。人類とアンドロイドが一緒になって暮らして、街を歩いて……。想像しただけでわくわくした。

うんと変な柄のTシャツをわざと選んだら、2Bは怒るだろうか？　困った顔をするだろうか？　それとも……笑ってくれるだろうか？　いつの日か、2Bを笑わせてみたい。声をたてて笑い転げる2Bを見たいと思った。

けれども、人類が地上に戻ってくることはない。2Bも死んでしまった。ヨルハ部隊は壊滅し、それでも戦いは続いている。何も変わらなくて、何もかもが変わった……。

9Sは、横合いから飛び出してきた機械をポッドの射撃で仕留めた。「森の国」の残党だった。

「我が王のカタキ……！」

木々の間から、別の機械が襲いかかってくる。王を殺したのは9SではなくA2だったが、彼らにとってはどちらでもいいのだろう。

「殺シテヤル！」

しつこく向かってくる機械にハッキングをかけ、爆破した。

「殺してやる？　それはこっちの台詞だ」

機械のくせに、とつぶやく。機械のくせに「カタキ」だ？　笑わせるな……。

高台に上ると、建造物らしきものが浮遊しているのが見えた。銀色とも鉛色ともつかない色の、凹凸だらけの歪な建造物である。

「もしかして、あれが？」

「肯定：自称『資源回収ユニット』と予測。陥没地帯の巨大構造物に対し、何かを送出している様子」

「何かって？」

「推測：資源の一種と思われるが、詳細は不明」

名称に「資源回収」と付いているのだから、資源以外のものを回収し、送出しているとしたら、むしろ看板に偽りあり、だ。ただ、連中が「資源」と見なしているものが、自分達アンドロイドにとっては資源でも何でもないガラクタかもしれないが。

「回収した資源を何に使うんだろう？」

「不明」

本気で知りたかったわけではないから、不明でも構わなかった。どうせ破壊するだけだ。

そういえば、以前は機械生命体に興味があった。あれだって、どうせ破壊するだけの相手だったのに。どうして、あんなに知りたいと思っていたのか？　わからない。自分自身のことなのに。

資源回収ユニットに近づくと、どこからともなくアナウンスが流れてくる。陥没地帯で聞いたのと同じ声だった。少年の声とも少女の声ともつかない、ふざけた調子の声だ。

『敵性アンドロイド接近。防衛体制に入ります』

空中を不規則に移動していた資源回収ユニットがぴたりと動きを止めた。音をたてて外壁部分の凹凸が変形する。有用性のわからない変形の仕方だった。遊んでいるとしか思えない。おまけに、変形した外壁の一部が扉のように口を開けた。中に入れ、と言わんばかりに。どこが防衛体制だ、と毒づく。

「これは……模様？　文字？」

入り口のような形になった部分の、ちょうど真上に何かが刻まれている。概ね同じ大きさでありながら、形はどれも異なっていて、それが等間隔に並んでいる。

「回答：『天使文字』と呼ばれる旧時代の特殊な文字」

まるで文字のようだと感じたのは、間違いではなかった。

「当該文字列は、『肉の箱』を意味するもの」

「何だ、それ？」

「不明」

「わかってる。連中のやる事に意味なんか無い」

意味もなく戦い、意味もなく殺し、意味もなく模倣する。この文字にしても、意味もなく刻んでみただけだろう。

内部に侵入してみると、ますますそれを強く思った。至る所に敵個体が配置されているが、それは工場廃墟も森の城も同じ。適当な間隔で配置された敵を倒して進む。こちらに要求されているのは、毎度毎度同じ行為。

ただ、工場廃墟や森の城と違って、「肉の箱」の内部はやかましかった。向かってくる機械がやたらと耳障りな音声を発しているのだ。

「フクシュ……復シュウウウウ！」

「イタイイタイ痛いイタイ痛い痛イ」

「ネェ……死ぬノ……イヤ」

「苦シイ苦シイ……クルシ……クル……」

ポッドの射撃で穴だらけになった胴体を９Ｓは蹴り飛ばした。

「機械が苦しい訳ないだろ」

円筒形の残骸が螺旋階段を転がり落ちていく。それもまた、やかましく鬱陶しい。

「死にたくナイ死にタクない死にタクナイ！」

どいつもこいつも、と思う。もう少し静かに攻撃できないのか？　どうせ、たいした力もないくせに。

「怖い怖い怖い怖い怖い」

うるさい。うるさい！　うるさい！

繰り返される無意味な音声をかき消したくて、９Ｓは怒鳴った。怒鳴りながら戦い、戦っては怒鳴りを繰り返し、上階へと向かった。

やっていることは今までと何も変わらない。機械を破壊する。それだけなのに、なぜ、こんなにも苛立つのだろう？

「うるさい！　黙れ！　死ね！」

なぜ、こんなにも虚しいのだろう。隣に2Bがいないという、ただそれだけの違いなのに。

それでも、物ごとにすべて終わりがあるように、建物内部での戦闘にも終わりはあった。屋上に到達したのである。

ずっと薄暗い屋内にいたせいか、酷く眩しい。薄目を開けて辺りを見回すと、何かが建物内部から吸い上げられ、上空へと射出されていくのが見えた。

「あれは……機械生命体の部品？」

金属製のパーツがいくつもいくつも、渦を巻くように回りながら上空へと消えていく。向かう先は、陥没地帯の方角である。

「推測：巨大構造物の資材。もしくは、武器を製造する為の資源」

戦闘行為によって破壊された仲間の残骸を回収し、陥没地帯の巨大構造物「塔」へと搬送する。この建物はそのための施設なのだという。ポッドの推測が正しいとすれば、だが。

だとすれば、この場所に「アクセス認証キー」とやらを配置したことに、どんな意味があるのだろう？　巨大構造物を維持するために必要なものを集める施設に、巨大構造物を破壊する者の助けとなるモノを置く。矛盾しているといえば、矛盾している……が。

「助けて。お願い、助けて」

幼い子供の声だった。屋上の中央に光る球体が置かれている。震える声は、そこから聞こえていた。

「あれは？」

「回答：コア。この施設の制御を司るモノ。いわば、この施設の頭脳」

助けて、と繰り返される声。その間にも、機械の部品が上空へと射出されていく。

「助けて……怖い……助けて……」

言葉だけなら、何とでも。こいつらは機械だ。発する言葉は決められている。怯えて命乞いをしているわけじゃない。設定どおりの音声を垂れ流しているだけ。

「エネルギー収束。近接射撃モード、最大出力」

ポッドが変形する。９Ｓは、コアを指さした。「９Ｓ……」とポッドが何か言いかけたが、聞き流した。

「発射」

ポッドから放たれる白い光がコアを灼く。足許が揺れた。資源回収ユニット全体に衝撃波が走る。が、すぐに振動は消えて、静かになった。

「報告：破壊されたコアより、アクセス認証キーを入手」

維持に必要なものを集める施設に、破壊に必要なものを置く。その矛盾の理由があるとすれば、「子供の遊び」だ。

「機械のくせに」

短く吐き捨てると、9Sは踵(きびす)を返した。資源回収ユニットは他にも二カ所ある。早く次に行かなければと思った。

*

水没都市と遊園地廃墟、どちらを先にするかで迷った。迷ったものの、水没都市を先にしたのは、転送装置が使えるうちに移動したほうがいいと判断したからである。

遊園地廃墟は道路が寸断されているものの、複数のルートがあり、陥没地帯からも近い。対する水没都市は地下水路を経由するルートがあるだけだ。古い地下水路は崩落する恐れがある。転送装置にしても、メンテナンスを行う開発部が瓦解した今、いつまで使えるかわからない。

……という理由だったはずだが、もしかしたら、予感めいたものがあったのかもしれないと思った。浅瀬に頭から突っ込む形で大破していた残骸を発見した瞬間に。

「ポッド、これ、もしかして……」

至る所が高熱によって溶解し、無数の銃弾によって変形している。だが、見間違えるはずがない。この機体だけは。

「肯定：当機体よりヨルハ部隊2BのIDを確認」

2Bはここに不時着していた。ということは、ここから地下水路を通って廃墟都市に出て、陥没地帯の縁に沿って歩き、橋を渡って……あの場所へと至ったのだ。

もっと早く、2Bの位置情報を把握していたら。2Bがここにいる時点で駆けつけることができていたら。せめて、2Bが橋を渡る前に、いや、A2と遭遇する前に見つけていたら……その先を考えたくなかった。

「報告：飛行ユニットのメモリー内に未送信メッセージを確認」

再生、と命じるなり、懐かしい声を聞いた。

『……こちら、ヨルハ部隊所属……2B。この記録を聞いた者がいたら……伝えてほしい……事がある。もし……ヨルハ部隊……所属……9Sに会う事があったら……私は、彼に……』

記録媒体の破損によるものなのか、記録時点での状況が悪かったのか、不意に声が聞こえなくなった。メッセージはここで終わりなのだろうかと思ったとき、再び雑音の中から声が聞こえた。

『……すまない。彼へのメッセージは……。9S、君と、一緒に過ごした日……私に……とって、光のよう…な……思い出だった……。あり…がとう……ナイン…ズ』

9Sはその場から動けなかった。

「メッセージは以上」

急かすかのようにポッドに言われても、動けずにいた。

「2B……。ナインズって呼んで……」

あの言葉を直接、聞きたかった。雑音混じりの録音などではなく、生きている2Bの声で、ナインズと呼んでほしかった。

もう2Bはいないのだ。この世界のどこにも、2Bはいない。その事実を突きつけられた。他ならぬ2B自身の声によって。

視界がぼやけた。声帯が震えている。無駄なことを、と思った。今、為すべきことはこれじゃない、と自分に言い聞かせる。機械共を一体残らずぶち壊して、A2を殺す。

9Sは立ち上がり、資源回収ユニットへと向かった。走った。全力で走った。一分一秒でも早く、機械を破壊したくて。

しかし、『魂の箱』と例の天使文字で書かれた施設の内部は、静まりかえっていた。

「敵が……いない？」

施設の造りは『肉の箱』と同じく、機械の部品で造られていた。吹き抜けがあり、エレベーターで各階を行き来する構造も同じ。ただ、各所に配置されていた機械生命体だけがいない。

「このエレベーター、停まってる？　ああ、ハッキングしろって事か」

敵の子供じみたやり口が、そろそろわかってきた。案の定、ハッキングでシステムプロテクトを解除すると、エレベーターが稼働を始めた。

次の階にも敵の姿はなく、ハッキングポイントだけが用意されていた。わざわざ宝箱の形にして、これ見よがしに放置してある。どこまでも、ふざけたやり方だ。

しかも、宝箱はシステムプロテクトの目印のためだけに置かれていたわけではなかった。実際、その内部には、「宝物」が入っていた。情報である。

最初の宝箱の中身は、陥没地帯の「塔」の設計図だった。「塔」は単なるモニュメントの類ではなく、またアンドロイドを捕獲するためのトラップでもない。射出口があり、同時に点火台の機能も備えていた。

「射出時の衝撃と負荷について？　という事は、何かの発射台？」

あれだけの大きさで、しかも、発射角度は明らかに地上目標ではなく、重力圏外に向けられている。

「まさか、月面に向けて？　人類サーバーを狙った……大砲？」

思わずポッドを見る。この推測を否定してほしかった。すでに人類はいないとはいえ、月面のサーバーには遺伝子情報が残されている。それすら破壊されてしまったら、人類の痕跡は消えてしまう。

「情報不足の為、否定も肯定も不可能」

「……くそっ」

他の階に行けば、この情報の続きがあるかもしれない。９Ｓは足早にエレベーターに乗り込んだ。

ただ。期待したモノを与えてくれるような、親切な相手ではなかった。むしろ、こちらが欲するモノは決して与えない。それが敵のやり口である。次の宝箱は、まさにそれだった。

ハッキングでプロテクトを解除するなり、見たくもない情報が現れた。それは、ヨルハ型アンドロイドに関する情報だった。

「ブラックボックス？」

強力な動力炉であるブラックボックスは、文字どおり、所持している隊員達にもその構造は知らされていない。調査を任務とするS型にさえも。だから、ブラックボックスが何から造られているのか、考えてみたこともなかった。

「そんなバカな……⁉」

虚偽の情報かもしれない。こちらを混乱に陥れるための。そうとしか思えなかった。

「ヨルハ部隊のブラックボックスが、機械生命体のコアでできている？」

あり得ない。そんなこと、あるはずがない。敵を材料に造られているなんて。９Ｓは宝箱を力任せに蹴飛ばした。動揺しては敵の思う壺だ。あのふざけた敵は、どこかでその様子を眺めて楽しんでいるに違いない。

騙されるものか、と自分に言い聞かせて、次の階へと進んだ。冷静に考えてみれば、すべて敵側の提示した情報なのだ。まともに信じるほうがどうかしている。あの発射台云々にしても怪しいものだ。

もう宝箱の情報には踊らされまいと思いつつ、ハッキングをかける。変わり映えのしない白い空間が広がる。攻撃プログラムを沈黙させ、プロテクトが解除される瞬間を待つ。

「あれ？　おかしいな」

これまでの宝箱よりも厳重なプロテクトが掛けられているのだろうか。９Ｓは真っ白なハッキング空間の中を進んでみる。時折、黒い壁が現れるが、破壊はたやすい。閉鎖系の防壁ではないようだ。

「何だ、これ……」

9Sは自分自身の手のひらを見つめた。おかしい。ハッキング時には、自分自身の身体を認識することはない。自分自身は単なる図形や記号として、敵のプログラムも黒い球体や円筒形の物体として認識する。プログラムに侵入したり、当該箇所だけをピンポイントに破壊したりといった作業を迅速に進めるための最適化である。

ところが、今、9Sは自分を自身の姿のままで認識していた。ごく当たり前の手があり、足があり、おそらく鏡を見れば現実と同じ顔が映るに違いない。

「何なんだ、この空間は」

白い壁が不意にスクリーンに変わり、いくつもの映像が映し出された。

「これは……僕の記憶？」

飛行ユニットの訓練時の記憶、初めての地上降下任務の記憶、初めて機械生命体と遭遇したときの記憶、初めて2Bと出会ったときの……。

「どうして、僕の記憶がここにあるんだ？　なぜ、あいつらがこれを知っている？」

白い通路を足早に歩く。白い扉がある。手を触れる。鍵は掛かっていない。

扉の中は広い部屋だった。広すぎるほど広い、どこまで続いているのかわからないほど広い部屋。その中央に人影が見える。黒い服を着た……女。

「2B？」

駆け寄って確かめる。もちろん、2B自身ではない。データだ。いつの間にか、周囲には無数の2Bのデータがあった。

『私の名前に敬称は必要ない』

『感情を持つ事は禁止されている』

『でも、そういう好奇心旺盛なところは嫌いじゃないよ』

『帰ろう、9S』

間違いなく、9Sの記憶だった。逆ハッキングを仕掛けられていたのだ。ハッキングしたつもりが、電脳内への敵の侵入を許してしまった。

不意に、部屋の中央に黒い影が現れた。逆ハッキングを仕掛けてきた敵だ。黒い影は次々に2Bのデータを呑み込んでいく。

「やめろ……ッ！」

黒い影は止まらない。困った顔の2Bを、怒りを露わにした2Bを、振り向いた2Bを、食い尽くしていく。

「やめろおおおおっ！」

黒い影に飛びかかる。

「僕の記憶に入ってくるなッ！」

黒い影をねじ伏せ、締め上げる。大切な宝物を壊そうとした敵を叩きのめす。

「僕の記憶に触るなッ！」

いつの間にか、剣を握っていた。黒い影に突き立てる。何度も、何度も、何度も。

黒い影の上に馬乗りになって、さらに刺し続けた。気づけば、黒い影は２Ｂの顔をしている。それでも突き刺した。赤い体液が飛び散る。

「これは……僕の記憶だッ！」

僕の記憶なんだから。この２Ｂは僕だけのものなんだから。２Ｂは僕だけの……。

胸部がぐちゃぐちゃになるまで突き刺し続けた。ふと見れば、赤い液体ではなく、黒っぽいどろどろしたモノで両手が汚れている。剣を突き立てていた相手は、２Ｂではなかった。『魂の箱』のコアだ。

９Ｓは立ち上がった。剣が床に落ちる音がした。

僕は何をしていたんだろう？

喉の奥が震えた。笑いがこみ上げてくる。

２Ｂを傷つける奴は殺す。２Ｂに触れる奴は殺す。２Ｂに近づく奴は殺す。２Ｂを見る奴は殺す。２Ｂを見つめていいのは僕だけだから。２Ｂに近づいていいのは僕だけだから。２Ｂに触れていいのは僕だけだから。２Ｂを傷つけていいのは僕だけだから。２Ｂを……。

笑いが止まらない。９Ｓは身体を仰け反らせて、いつまでも笑い続けた。

＊

水没都市から、いったんレジスタンスキャンプに戻った。近距離攻撃管理システムが大きく破損し、戦闘行為の継続に支障が出ていた。抜刀すらできない状態に陥っていたのである。

デボルとポポルは、9Sを見るなり悲鳴のような声をあげた。よほど酷い姿をしていたらしい。ポッドが説明するまでもなく、デボルとポポルは破損個所を洗い出し、修理と調整に取りかかっていた。メンテナンスに特化したタイプというだけのことはある。

休んでいけというデボルを振り切るようにして、レジスタンスキャンプを後にした。ポポルの声が背後で聞こえた。

「ねえ、9S。一人で死のうとしないで」

わかってる、とだけ答えた。別に死のうとしているわけじゃない、と思った。少なくとも、機械共を殲滅して、A2を殺すまでは何が何でも生き延びる。先に死んでしまったら、奴らを殺せなくなる。

自分の中に、これほど強い殺意と破壊衝動があるとは思わなかった。戦闘に向かないS型らしく、殺戮や破壊には興味が薄いと思い込んでいた。単に、そう思いたかっただけなのかもしれない。たいした戦闘スキルもないくせに、と自分を抑えていたのかもしれない。2Bに対する気持ちを抑えつけていたように。

2Bが死んで、抑える必要がなくなった。2Bへの思慕も、2Bへの欲望も、隠さなくていい。2Bに知られる恐れはもうないのだから。

そう気づいた瞬間、全く抑えが利かなくなった。すべてが制御不能になった。何もかもが弾け飛ぶのがわかった。醜いモノ、汚いモノが後から後から流れ出してきた……。

構うものか、と思いながら、9Sは歩いた。地下水路を抜け、崩れかけた遊園地ゲートを通り、機械共のいなくなった広場を突っ切った。

『敵性アンドロイド接近。防衛体制に入ります』

またか、と9Sは吐き捨てた。三度も同じ台詞を聞かされて、いい加減、うんざりしていた。

これが最後のひとつだとわかっていても、不愉快なものは不愉快だ。

そして、入り口にはまたも天使文字。芸の無さに呆れてしまう。

「ポッド。この文字は？」

「回答：『神の箱』と記載」

「神？　機械ごときがその名を騙るか」

たかが機械の分際でと思うと、腹立たしいことこの上ない。神といえば、人類が崇め続けた至高の存在である。人類でさえ、時には口にするのを憚ったという名を、屑鉄に過ぎない機械が使うなど、許されることではない。

一体残らず破壊する。それも、可能な限り酷たらしく。

変わり映えのしない内部に侵入すると、もう見飽きてしまった機械共がいた。今回は、宝箱は配置されていない。おかげで、いい加減な情報に振り回されずに済む。

ハッキングで制御を奪い、味方同士で戦わせて、爆破した。ウィルスを散撒かれ、同じヨルハ型の集中砲火を浴び、同じヨルハ型のA2に殺されたのだ、2Bは。同じことをしてやろうと思った。

今だけは、機械にも感情があればいいのにと思った。仲間に襲われる驚愕を、仲間に裏切られる苦痛を、こいつらに思い知らせてやりたい、と。予め設定された言葉ではなく、機械が本気で怯えて泣き叫ぶ姿を見てみたい……。

「警告：過度の戦闘行為は機体への負荷が大きい」

水を差すかのように、ポッドが警告を発してくるのが鬱陶しい。

「黙ってろ！」

機体への負荷？　それがどうした、構うものかと思う。だが、ポッドはいつになくしつこい。

「拒否：本支援ユニットはヨルハ機体9S随行機体。対象ヨルハ機体の状態を危惧する権利を有する」

そのお節介な物言いが癇に障った。……何かを思い出しそうで。

「勝手にしろッ！」

言い捨てて、その場を離れる。どんなに早く歩いても、急に走り出しても、ポッドはすぐ後ろをついてくる。ポッドとはそういうものだとわかっていても、疎ましくてたまらない。

9Sはわざと足音をたててエレベーターに乗り込む。子供じみた自分自身が、何より疎ましくてたまらなかった。

屋上に安置されたコアの前には、思いがけない敵がいた。機械生命体ではない。アンドロイドだった。

「オペレーターさん……」

９Ｓのオペレートを担当していた２１Ｏ（トゥ・ワン・オー）だった。他のヨルハ型と同じく、両目が赤く光っている。ただ、９Ｓの知る２１Ｏとは姿が異なっていた。武装していたのだ。

「オペレーターモデルがどうして？」

「確認：オペレーター２１Ｏ。先の降下作戦時に本人希望によりＢ型に装備転換。２１Ｂ（トゥ・ワン・ビー）として戦線に投入され、四時間後に消息不明との記録あり」

「そんな……」

先の降下作戦といえば、９Ｓが地上で敵防空システムの無力化作業に携わった直後のことだ。

『戦闘中は、なるべく当該エリアから離れてください』

『貴方のようなスキャナーモデルは戦闘向きではありません』

２１Ｏの言葉が次々に蘇（よみがえ）ってくる。あのやり取りのすぐ後に、２１Ｏは２１Ｂとなり、地上に降下した。

心配してくれてるんですか、などと茶化した答えを返してしまったせいで、２１Ｏは『戦場にいても足手まといなだけですので』と冷たく言ったけれども、実際には心配してくれていたのだと９Ｓは知っている。いつも、そうだった……。

獣じみた声を上げて、２１Ｏが、否、２１Ｂが斬りかかってくる。９Ｓは咄嗟（とっさ）に回避した。同時に、猛烈な憎悪が沸き上がった。わざわざ２１Ｂに『神の箱』のコアを守らせた、機械生命体に対して。

バンカーに侵入していた機械生命体は、２１Ｏと９Ｓの会話も盗み聞きしていたに違いない。そこから、９Ｓが信頼を寄せている相手であることを知り、敢えて敵として配置した。９Ｓが葛藤し、思い悩みながら戦い、そして敗北すればいいと思ったのだろう。その様子を笑いながら眺めるつもりだったのだろう。

思惑どおりにさせるものか、と思う。９Ｓは容赦なく攻撃を放った。

「ポッド！　最大出力で援護！」

装備転換から、まださほど時間が経過していない。たいした訓練もなく前線に投入されたのだろうから、まだＢ型の装備や動作に馴染んでいないはずだ。そこを突けば、Ｓ型の自分にも勝機はある。

「作戦……行動に関係ノ無い発言……控えてクダ……」

２１Ｂの口からこぼれる言葉に、剣が止まりそうになる。

「ハイは……一回で……イイデ……す」

記憶領域に残っている言葉を垂れ流しているだけだ。躊躇うな、と自分に言い聞かせる。

「おネガイ……殺シテ……」

９Ｓは目を見開いた。２１Ｂの剣を握る手が震えている。２１Ｏの意識がそうさせているのか、それとも、機械が故意に２１Ｏの意識を引きずり出しているのか。

「オペレーターさん……。大丈夫……大丈夫だから！」

剣を振りかぶり、走る。機械生命体への憎悪が９Ｓを駆り立てる。

「今……殺すからッ！」

絶叫を聞いた。それが自分のものなのか、２１０のものなのか、９Ｓにはもうわからなかった。

Another Side "A2"

「おはようございます。Ａ２」


目を開けるなり、長四角の箱に挨拶をされて面食らった。自分が寝ぼけているのかと思った。だが、この喋る箱には見覚えがある。森の城で二号と九号に会ったとき、彼らの傍らにふわふわ浮いていた。しかも、あの胸糞悪い声を流していた。目の前にいるのは脱走兵だの、危険なアンドロイドだのと好き勝手な事を抜かす女の声を。

思い出しても腹が立つから、箱の事は無視するつもりでいた。


「私は随行支援ユニット『ポッド０４２』。ヨルハ機体Ａ２の射撃支援を担当」

「そんな事、頼んでない」

「肯定：Ａ２からの依頼は受けていない。この行動は、前随行対象機体２Ｂからの最終命令として記録されている」

「必要無い」

「ヨルハ機体Ａ２にその判断をする権限は無い」

押し問答をするのも面倒になって、結局、箱の好きにさせた。ただ、「支援」と言う割には役に立たない箱だった。あの地割れの原因となった奇妙な構造物の正体を訊いても「機械生命体由来と思われるが不明」だったし、２Ｂの死体や９Ｓの行方について尋ねても「回答不能」だった。

唯一、便利だと思ったのは射撃機能だろうか。私は遠距離攻撃の手段を持たないから、戦術の幅が広がるのは助かる。ただ、「推奨：遠距離攻撃手段を持つ本随行支援ユニットに対する感謝の提示」などと恩着せがましい台詞には辟易したが。

e38391e382b9e382abe383abe381a8e381aee587bae4bc9ae38184

私は怒っていた。私の仲間達を殺した機械生命体に、いつも怒りを覚えていた。片っ端から殺さずにいられないほど、激怒していた。だから、そいつに出会ったときも、即座に殺すつもりだった。私の仲間を殺した罪を償ってもらう、と告げた。

「そうですか。仕方ありませんね。それで、貴女が救われるのなら」

機械のくせに、妙に流暢な言葉を話すそいつは、そう答えた。わずかに頭部を前に傾け、私の剣が振り下ろされる瞬間をじっと待っていた。私は何だか落ち着かない気分になった。

「……殺さないのですか？」

そいつは、不思議そうな声で尋ねた。うるさい、と私はそいつを追い払った。パスカルと名乗った機械は「ありがとうございました」と言って飛び去った。

ありがとう？　機械が礼を言った？　機械のくせに？

ますます腹が立った。……機械を殺せなかった自分自身に。

e382a2e3838de383a2e3838de381a8e5868de4bc9a

「お前は二号……。生きてたのか」

再会したアネモネの反応は、私の予想どおりだった。アネモネが生きていると知ったときの私と同じ顔をする、という。

私は自分だけが生き残ってしまったという後ろめたさと共に生きてきた。おそらく、アネモネも同じだろう。

アネモネと私は、かつて作戦行動を共にした事がある。太平洋のオアフ島で展開した敵サーバー破壊作戦、真珠湾降下作戦と呼ばれる戦いだ。そこで、私もアネモネも仲間を失った。私達は幾度となく、司令部への救援要請を行った。しかし、それは聞き届けられる事無く、一人、また一人と仲間は斃れた。最終的に、私はヨルハ部隊の仲間全員を、アネモネはレジスタンスの仲間全員を失った。その時点で、私とアネモネは別行動を取っていたから、互いに自分一人が生き残ったのだと思い込んでいた。

そして、私は真実を知り、戦場から離脱した。

司令部は、最初から私達を見殺しにするつもりだったのだ。私達は「最後の一人が死ぬまで戦わせて、戦闘データを取る」のを目的とした実験部隊だったから。

どうやら、アネモネはそれを知らずにいるようだ。そのほうがいい。知ってしまったら、許せなくなる。恨まずにいられなくなる。最前線の兵士を平然と切り捨てる司令部を。

「そうだ、二号。君にそっくりなヨルハがいたんだ。２Ｂっていって、そいつは」

「死んだよ」

「えっ？」

「私が殺した。論理ウィルスに汚染されていたんだ」

「……そうか」

それ以上、アネモネは何も言わなかった。その気遣いに私は感謝した。私もアネモネも、ウィルスに汚染された仲間を殺している。苦しみを長引かせないように、そして、自我を保っていられるうちに……殺した。だから、私達はどんな言葉も慰めにならないと知っている。

　これ以上、昔の話をしないほうがいいような気がして、私はさっさと用件を切り出す事にした。燃料用濾過フィルターの予備を分けてくれないかと頼んだ。砂漠での戦闘が原因で、私の濾過フィルターは目詰まりを起こしていたのだ。

　これまで、修理・交換が必要になると、追撃部隊の死体から部品を分捕っていた。自分の義体に合った部品ではないから、見た目は不格好になるが、機能的には問題なかった。

　ただ、今のヨルハ型アンドロイドはどれもウィルスに汚染されている。汚染された部品を流用すれば、私まで感染してしまう。それで、古馴染みを頼る事にした。

　しかし、レジスタンスキャンプには在庫がなかった。ここで調達できないなら、他に当ては無い。困ったなと考えていたら、アネモネはとんでもない事を言い出した。

「パスカルの村で生産してるから、良ければ取りに行ってくれ」

「パスカルって……」

「ああ、知ってるのか」

「敵じゃないか！」

「アイツの村は特別だ。我々に危害は加えない」

「そんな……でも……」

「我々は同盟を結び、必要に応じて資材の交換を行っているんだ。目的の為なら手段を選んでいる場合じゃない。それに」

「それに？」

「白旗を揚げる相手を殺すほど、私達は終わっていない」

こればかりは、アネモネの言葉でも、聞き入れる気にはなれなかった……のだが。

「警告：濾過フィルターが破損すると、燃料供給に深刻な問題が発生。推奨：早期交換」

言われなくてもわかっていた。このままでは、戦闘時に支障が出る。いや、既に通常時の行動にも支障が出始めていた。

身体の関節が妙に強ばって動きが悪い。そのせいか、歩くだけでも消耗した。頭痛も酷い。最初は左の側頭部に鈍痛を感じるだけだったが、痛みはやがて後頭部と頭頂部にも広がった。痛みそのものも次第に強くなり、先の尖った金属をねじ込まれているような、ずきずきする痛みに変わった。

「機械生命体パスカルを中心とするコロニーの座標を確認。マップにマーク完了」

見透かされたようで不愉快だった。このまま戦闘不能状態に陥るくらいなら、パスカルとかいう機械の村に行ってみるべきなのではないか、と考え始めている事を。アネモネが「特別」とまで言ったのだから、例外的措置として……。

e38391e382b9e382abe383abe69d91e69da5e8a8aa

機械だらけの村だった。私の姿を見ても攻撃してこない機械の存在が薄気味悪くて、叩き斬る気にもなれない。いや、剣を取る気になれないのは体調不良のせいだ、きっと。

「貴女は、あのときの……。助けていただき、本当にありがとうございました」

殺し損ねた機械に再会するなど、滅多にある事では無い。さらに、礼を言われるなど、あり得ない。そのせいか、パスカルを目の前にしても、怪訝そうな口調で「あの？」と問われても、私は用件を切り出せずにいた。すると、いきなり箱が横からしゃしゃり出てきた。

「説明：ヨルハ機体Ａ２の燃料用濾過フィルターに不具合。経過：レジスタンスキャンプのリーダー、アネモネより情報を入手。目的：当地区のフィルターを入手する為に来訪。要求：燃料用濾過フィルター」

「ああ、なるほど。そういう事ですか。ただ、今は、材料の剛性植物の樹皮を切らしているんです。最近、採取エリア近くに、凶暴な機械生命体が居着いてしまって」

「了解：剛性植物の樹皮の確保と輸送」

箱は勝手に説明して、勝手に話を進めてしまった。不愉快極まりない状況だったが、フィルター破損による不調はどんどん酷くなっている。おとなしく剛性植物の樹皮とやらを取りに行くしかなかった。


e682aae38184e6a99fe6a2b0e38292e98080e6b2bb

「報告：平和的機械生命体であるパスカルへの敵意はコスト的に無意味と判断。推奨：早急な友好関係の締結」

「友好？　冗談じゃない」


何が「平和的」だ。機械に平和もクソもあるもんか。今回は、あくまで例外だ。不慮のアクシデントによる非常事態なのだ。機械生命体と友達ごっこをするつもりは無い。

だから、体調が元に戻ると、私はパスカルに「何か手伝える事があれば手伝おう」と申し出た。フィルターをタダで貰ってしまったら、借りを作る事になる。

「実は困っている事があるんです。凶暴なロボットが遊び場に現れては、子供達を襲うようになったんです。不躾ですが、そのロボットを退治していただけないでしょうか。こんな事、他の人には頼めません。どうかお願いします」

まさか、機械生命体に機械生命体退治を頼まれるとは。とはいえ、パスカルの言う「凶暴なロボット」を倒すのは、私にとって造作もなかった。この程度で借りを返せるなら、願ったり叶ったりだ。

「ああ、ありがとうございます！　あのロボットを退治してくださったんですね！　どうか謝礼をお受け取りください。さあ、遠慮なさらず！」

借りを返す為に機械を倒しただけなのに、それで謝礼を貰ってしまっては意味が無い。私が断っても、遠慮している訳ではないと説明しても、パスカルは私の手に回復薬だの素材だのをぐいぐいと押しつけてきた。

「私達は平和主義者です。戦う事が嫌で、この村を作りました。でも、武器を捨てた結果、チカラのある者に抗う術を失いました」

剛性植物の樹皮の採取エリアにいた機械も、さっき倒したばかりの「凶暴なロボット」も、武装している私にとっては容易く倒せる敵だ。その程度の敵にも、この村の機械達は対抗できずにいる。私の仲間を何人も殺した機械生命体が、同じ機械生命体の脅威に怯えている。それは、何とも奇妙であると同時に、どこか滑稽でもあり、悲しくもあり……悲しい？　なぜ、私は悲しいなんて思ったんだ？

「村の中には、平和を守る為に周囲の敵を全て滅ぼすべき、と主張する者もいます。A2さん……私達はどうするべきでしょうか？」

「さあね。それを決めるのは、パスカル、お前だろ？」

私には答えがわからなかった。だから、質問をそのまま投げ返してしまった。平和を守る為に敵を滅ぼす……矛盾そのものだ。答えなんて出ない。ただ。ただ、私は……。

「A2さん。良ければ、この村を見ていって下さい。貴女には、この村の事をもっと知ってもらいたいのです」

気が向いたらな、とだけ答えて私はパスカルに背を向けた。結局、「謝礼」を返しそびれてしまった事に気づいたのは、村を出た後だった。

e5ad90e4be9be98194e381abe68790e3818be3828ce59bb0e68391

「ネーネー！　お姉チャーン！」

「お、おねえちゃん!?」

「アソンデー！　遊んデー！」

「機械生命体と遊ぶ趣味なんか無い」

「ヤーダー！　アソンデー！　アソンデー！」


村に入るなり、小さい機械（ガキども）にまとわりつかれた。私はただ、借りを返せていない事が気持ち悪くて、それで村に足を運んだだけだというのに。

追い払おうとしても、邪慳にしても、ガキ共はきゃあきゃあ言いながら私にくっついてくる。


「私はお前達の敵のアンドロイドだ。言う事をきかないとぶっ壊すぞ！」

「キャー！　タノシー！」

「何で喜ぶんだ……」

「おねえチャン、もっとー！」

お姉ちゃん。その言葉で、不意打ちのように蘇ってくる記憶があった。

昔、共に戦ったレジスタンスは自分達を「家族みたいなもの」だと言った。当時の私に「家族」という概念はなく、仲間を「お姉ちゃん」と呼ぶ光景は、とても不思議で……。

「ねぇねぇ、おねえチャン、オモチャ作ってー！」

「遊ぶのには遊具が必要デショー！」

「必要デショー！」

「コノ村のドウグ屋さんで売ってるから買ッテキテー！」

「買ッテキテー！」

腕やら脚やらにしがみつかれて、私は根負けした。「わかった」と答えると、歓声が上がり、妙な気分になった。笑い合うレジスタンス達の顔が浮かんできた。仲間達の顔も。

なぜ、今なんだろう？　なぜ、今、あの頃の事を思い出すんだ？

「イラッシャイ。え？　コドモの遊具？　ああ、今、品切れしてイルンですよ。材料さえアレバ作れるんですけどね。材料はココに書いてるんですけどね。この材料を持ってきてイタダケタラ、子供達を幸せにできるんですけどね……」

道具屋はそう言いながら、紙切れをひらひらと振ってみせた。材料のメモだ。さっきのガキ共といい、この村の住民は揃いも揃って押しつけがましい。

それでも言われるままに材料を調達しに行ったのは、余計な事を考えたくなかったからだ。死んでしまった仲間達の……思い出なんて。


e381bee38199e381bee38199e59bb0e68391

パスカルの村の住民達は、揃いも揃って押しつけがましいけれども、毎回毎回、律儀に謝礼の品を寄越した。私が断っても、お構い無しにぐいぐいと押しつけてくるのだ。

もともと借りを作りたくなくて手伝いを申し出た筈だった。なのに、謝礼を寄越されてしまっては、いつまで経っても借りが返せない。

「あっ、おねえチャンだ！」

「お遊具作ってくれて、ありがとー！」

「コレ、ボクタチからのお礼」

鉱物やら植物の種やらが、私の両手に押しつけられた。子供達が村の近所で拾ってきたのだろう。

「オネエチャン、アリガトウネ！」

これでまた、借りが返せなくなってしまった……。

e38391e382b9e382abe383abe69d91e381abe795b0e5a489

そのとき、私はレジスタンスキャンプから村へ向かっていた。アネモネから、パスカルに素材を届けて欲しいと頼まれたのだ。

『聞こえますか！　Ａ２さん！』

「ああ、ちょうど良かった。パスカル、頼まれていた素材は今……」

『Ａ２さん！　村が……大変なんです！　村人達が……ああっ！』

「おい！　パスカル？　どうした？」

唐突に入ってきた通信は、同じ唐突さで切れた。切迫した声だった。嫌な予感がした。

「推測：貴重な情報源であるパスカルに問題が発生。推奨：パスカルの村の状態調査」

言われなくても、とポッドに答えて、私は走り出した。いくらも走らないうちに、事態の深刻さを知った。村の方角から煙が上がっているのが見えたのだ。

「ポッド！　パスカルに通信を！」

「通信不能」

「クソッ！」

ようやくたどり着くと、村の至る所に火の手が上がっていた。単なる火事ではない。信じ難い光景が目の前に繰り広げられていた。機械が機械を食っている。食っているのも食われているのも、村の住民だった。

私は村の奥へと進んだ。食っている側の機械を斬り捨てながら。「A2さん！」と泣きそうな声を聞くまでに、どれだけの住民を……何体の機械を破壊した事か。

「パスカル！　何があった!?」

「わかりません。いきなり、一部の村人達が暴走して、同じ村の仲間を食べ始めたんです」

「子供達は？」

「別の場所へ逃がしました。ですが……他の村人は」

「このままだとお前も食われるぞ！　ここは何とかするから、先に逃げろ！」

半ば追い立てるようにしてパスカルを逃がすと、私は暴走した機械を片っ端から破壊した。ほんの少し前まで、買い物をしたり、お喋りをしたり、穏やかに暮らしていた筈の村の住民達を。

暴走していたとはいえ、本来は「チカラある者に抗う術を失った」機械である。全て破壊するのに、さほど時間はかからなかった。しかし、襲われた住民達を救うには遅すぎた。

既に彼らは機能を停止していた。

e38391e382b9e382abe383abe381a8e381aee585b1e99798

幸いな事に、子供達は全員無事だった。異変が起きた際、パスカルが子供達の避難を最優先したのだろう。工場廃墟の片隅で、子供達は身を寄せ合っていた。

村の住民達を救い出せなかったと告げるのは辛かった。仲間を失う辛さを知っているだけに。

「疑問：機械生命体は素材さえあれば再生できるのではないか？」

「いえ。実は私達には『コア』と呼ばれるユニットがあります。自我データを形成するユニットなんですが、それを破壊されてしまうと元に戻る事ができません。今回犠牲になった村人は、コアごと破壊されてしまっているので」

「そうか……」

これまで戦ってきた機械生命体は、破壊しても破壊しても、どこからともなく湧いて出てきた。だから、機械は不死なのだと思っていた。けれども、自我データのバックアップもなく、ブラックボックス諸共破壊された私の仲間達と同じように、パスカル達には「死」がある……。

「報告：本工場廃墟に多数の敵性機械生命体が集結しているとの情報あり」

「情報？」

「各地のポッドネットワークから入手」

「お前達に仲間がいるのか」

「肯定」

いずれにしても、死者を悼む時間さえ与えられなかった。子供達を部屋に残し、私は機械共を迎え撃った。敵の数はあまりにも多く、私とポッドだけでは到底倒しきれそうにない。

そうだった。機械共はいくらでも湧いてくる。私達はそういう敵と戦っていた。かつての無力感と絶望とが蘇った……。

「Ａ２さん！　ここは私が！」

思わぬ救援が現れた。巨大兵器に乗ったパスカルだった。工場廃墟に放置されていた機械の制御を奪って操作しているのだろう。

パスカルの操る巨大兵器が敵の群れを一気に薙ぎ払った。敵の増援部隊が次から次へと現れたが、パスカルは怯む様子もなく戦い続けた。

「私には……守らなくちゃいけない子供達がいるんだ！」

平和主義者のパスカルとは思えない激しい攻撃だった。殺してやる、と叫ぶパスカルの声を、幾度となく聞いた。

e38391e382b9e382abe383abe381aee7b5b6e69c9b

ようやく敵の大群と巨大兵器を撃破し、私とパスカルは子供達の待つ場所へと引き返した。

しかし、そこには信じられないものが待っていた。

「ああっ！　なんという……ああっ！」

私達を待っていたのは、倒れて動かなくなった子供達だった。彼らは皆、自らのコアを破壊していた。つまり……自殺だ。

「なんで、こんな事に？」

「私は、この子達に様々な感情と知識を教えてきました。それが将来の役に立つと信じて」

「でも、それがなぜ自殺に結びつく？」

「恐怖です。私は、この子達に『怖い』という感情を教えたのです。恐怖を知らなければ、無謀な事で命を落としてしまいます」

パスカルが子供達の許へ戻るまで、長い時間を要した。工場の外で戦っている音は子供達にも聞こえていただろう。爆発音や衝突音、それから、激しい振動。彼らは、その恐ろしさに耐えきれなくなった。その恐怖から逃れる為に死を選んだ。

パスカルは、少しだけ間違っていた。子供達に教えるべきだったのは、「怖い」という感情ではなく、「死ぬのは怖い」という事。

私達アンドロイドを最初に設計したのは人間だった。人間は、死の恐怖を知っている。だから、私達のプログラムにも死に対する恐怖が組み込まれている。それを知らなければ、パスカルの言うように、無謀な事で命を落としてしまうからだ。

しかし、機械は本来、死なない。だから、パスカルも死の恐怖を知らなかった。自分に無い感情を他者に教える事は難しい。言葉にすれば、たった一言。死。その一言を知らず、その一言を教えられなかったばかりに……悲劇は起きた。

「A2さん、お願いがあります。私はこの苦痛に耐えられそうにありません。私の記憶を消去していただけないでしょうか。さもなくば、私を……殺してください」

仲間を失う痛みなら、知っている。死んでいった仲間の記憶と共に生きる辛さなら、誰よりも知っている。だから、私はポッドに命じてパスカルの記憶を消した。

e5a4a7e59e8be383a6e3838be38383e38388e381b8

パスカルの記憶回路を切断した後、ポッドは再起動タイマーをセットした。つまり、私達はパスカルが眠っている間に立ち去る事ができる。

記憶が消えたパスカルは、私を見て混乱するかもしれないし、私にしてもどんな顔をすればいいのかわからない。ポッドはその辺りを気遣ってくれたらしい。

「ポッド。機械生命体がどうして同じ種族のパスカル達を襲ったんだ？」

「不明。ただし、何らかのバグの可能性も否定できず」

「バグ？　何の？」

　しかし、私の問いかけは、得体の知れない音声に妨害された。

『こんにちは！　「塔」システムサービスです！　本日は皆様に耳寄りな情報があります』

　子供っぽい声だった。舌っ足らずな口調だが、こちらを馬鹿にしているようにも聞こえる。

「東の方角に機械生命体の大型ユニットの起動を確認」

「大型ユニット？　『塔』ってヤツか。一体、何が起きてる？」

「不明。推奨：更なる情報の収集」

　言われるまでもない。ポッドに位置を特定させると、私はその大型ユニットとやらを自分の目で確かめに行く事にした。

　住民達の暴走と、大型ユニットの出現。タイミングが合い過ぎている。それに、「何らかのバグ」というポッドの推測。

　もともと機械生命体は、エイリアンが殺戮の為の兵器として造った。その兵器が戦いを嫌って平和を愛するなんて、矛盾している。機械生命体としては、パスカル達のほうがイレギュラーな存在なのだ。

彼らが機械らしからぬ行動を取れば取るほど、持って生まれた本能との矛盾は大きくなる。その乖離がバグを生んだのではないか？「大型ユニット」の出現をトリガーとして。

もっとも、これはあくまで仮説だ。私の推測に過ぎない。だから、確かめに行くのだ。


efbc99efbcb3e381a8e5868de4bc9a

大型ユニットは遊園地廃墟にあった。機械の部品を無秩序に繋ぎ合わせたような、不格好な建造物である。

入ってみると、内部もまた機械の部品で組み上げられているように見えた。これを造ったのは、明らかに機械生命体だ。

ただ、至る所に機械の残骸が転がっていた。戦闘が行われたらしく、どの階にも焼け焦げた臭いが漂い、壁や床には弾痕が残っている。残骸に触れてみると、まだ熱い。つまり、さほど時間が経っていない。

どの機械も、原型を留めないほどに歪み、穴だらけになっていた。機能停止後も執拗に攻撃し続けたのがわかる。

私は上階へと走った。今なら、まだ追いつけるだろう。

「オペレーターさん！　大丈夫……大丈夫だから！　今……殺すからッ！」

「おネガイ……殺シテ……」

最上階で二体のヨルハ型アンドロイドが戦っていた。論理ウィルスに汚染された機体と……9S(ナインエス)だ。戦いは既に長時間に及んでいたのだろう、9Sも汚染ヨルハもふらふらだった。

9Sの一撃で、汚染ヨルハが床に叩きつけられ、転がった。勝負あった、と9Sは思ったのだろう。だが、甘い。そう思った瞬間に隙ができる。猛禽類(もうきんるい)が最も無防備になるのは、獲物に襲いかかる瞬間だ。

案の定、汚染ヨルハは9Sに斬りつけた。だが、無防備になっているのは、汚染ヨルハも同じ。私はそれを見逃さなかった。

隙だらけの背中に軍刀を突き立てた。9Sを殺させる訳にはいかない。2Bがそれを望まない。彼女が私に託した「お願い」の中で、最も大きな部分を占めているのが9Sなのだから。

汚染ヨルハが再び倒れると、二度と稼働できないように、私はブラックボックスを破壊した。

何度も刀を突き立てる私を、9Sは憎悪を剥き出しにした目で睨(にら)みつけていた……。

第九章

第九章

NieR:Automata 長イ話

９Ｓノ物語／執着

「……終了。ヨルハ機体9S、起動」

眩しい。照明の設定がおかしくなっているのかもしれない。後で、管理部に不具合を報告しないと。それでなくても、バンカーで消費する資材は貴重品だ。地上からの打ち上げは、次第に厳しくなっている。敵防空システムのせいで……。あれ？　システムの無力化には成功していたんじゃなかったっけ？

「おはようございます。9S」

ポッド153が視界の中に侵入してくる。その向こうに見えるのは、空だった。地上から見上げる空。道理で眩しく感じたはずだ。

「僕は……」

なぜ、こんな場所に寝ているのだろう？

「敵大型ユニット内部での戦闘時にユニット構造物が崩落。落下したヨルハ機体9Sはダメージを受けた為、緊急サスペンドモードに移行。墜落地点付近は危険と判断し、現地点まで搬送」

墜落？　ああ、そうだと思い出しながら、9Sは身を起こす。いきなり大型の敵が現れて、壁と床の一部を破壊した。9Sが立っていた、まさにその部分を。足場を失って、為す術もなかった。殺すべき相手がすぐそこにいたというのに。

Ａ２を殺し損ねたのは、これで二度目だった。前回もいきなり現れた「塔」のせいで、橋が崩れて転落した。二度とも機械生命体のせいで、足場が崩され、強制終了となってしまったのが腹立たしい。

もっと腹立たしいのは、Ａ２の言動だ。

『優しい人になって欲しいと、２Ｂは言っていたぞ』

よりにもよって、２Ｂの言葉を捏造して動揺させるなんて、卑怯極まりないやり方だと思う。２Ｂそっくりの顔をしているだけでも許せないのに、そのそっくりの唇が２Ｂを騙った。許せない。

いや、本当に許せないのは自分自身だ。Ａ２に助けられてしまった、間抜けな自分。２１Ｏ、いや、２１Ｂを仕留め損ねて、逆に殺されそうになって、２１Ｂの放つ一撃を食らう寸前で、Ａ２が２１Ｂを背後から刺して、それから……。

「オペレーターさん……」

「遭遇したモデル２１Ｏは死亡。ブラックボックス信号も停止」

そう、と返す声は乾いていた。訊くまでもなかった。

「現状報告を」

「規定数のアクセス認証キーを入手」

屋上から落下しつつも、目的のモノは手に入れていたのだ。これで、アクセス認証キーまでＡ２に奪われていたら、目も当てられないところだった。まあ、その場合は奪い返すまでだが。

「サブユニットの解除、及び『塔』の調査が可能な状態」

「わかった」

終わりが近づいている。

*

陥没地帯に、舌っ足らずな声が谺した。しつこく聞かされ続けて慣れてしまったのか、苛立ちは感じなかった。さっさと壊そうと思っただけだ。

『こんにちは！　「塔」システムサービスです』

幾重にも反響しているせいで、ますます片言めいて聞こえた。三つの「サブユニット」のロックはすでに解除している。これで、やっと本来の目的である「塔」に入れる。

『おめでとうございます！　全てのサブユニットのロックが解除されました。景品のラストワン賞は「塔」内部にご用意しております』

景品？　どうせ、鬱陶しい機械共が鎮座在しているだけだろう？

『ご来場、お待ちしております！』

アナウンスが終わるのと同時に、上空から機械生命体が降下してくる。お待ちしておりますと言った舌の根も乾かぬうちに、入り口の防御を固めてくる。全く以て機械らしいいやり方だ。

そもそも、機械に舌など存在していないが。

「邪魔するなッ！」

倒しても倒しても、次から次へと敵が現れた。「塔」の扉には、これ見よがしにハッキングポイントが設置されている。つまり、扉を開けている間、義体が無防備な状態に置かれてしまう。敵が一体二体なら、ポッドに援護させることも可能だが、これだけの数では無理だ。

ハッキング作業中、敵の攻撃から守ってくれた2Bのことが思い出された。2Bの不在を殊更に強く感じる。敵がこれを狙っていたのだとしたら、悔しいけれども効果絶大だ……。

「クソッ！　キリが無い」

せめてB型並みの手早さで破壊していくことができれば、敵が補充される合間を縫ってハッキングに着手できただろう。だが、S型の戦闘能力では、敵を倒すのに時間がかかりすぎた。一体倒す間に、新たな一体が補充されてしまうのだ。これでは、いつまで経っても敵の数を減らせない。こちらの体力が尽きたら、そこで終わり、だ。

何か手を打たなければ、と9Sは焦った。

「報告：友軍の反応アリ」

「友軍？」

敵軍の間違いではないのか？　ヨルハ部隊は壊滅した。残っているのは、汚染によって暴走している機体だけなのだ。

「来ると思っていたよ」

9S、と呼ばれて振り向くと、デボルとポポルがいた。共に剣を手に携えている。

「君達は……」

二人は同時に走り出す。絶句する9Sの横をすり抜けるように、機械生命体へと向かう。剣が一閃し、機械の頭が転がり落ちる。

「ここは私達が何とかする！」

「君は『塔』への扉を開いて！」

どういうことなのだろう？　意味がわからない。なぜ、この二人が味方となって戦ってくれているのか？　治療とメンテナンスに特化した彼女達は、戦闘には向いていないはずなのに。

「早く！　今のうちにハッキングして！」

敵の攻撃を受け止めながら、ポポルが叫ぶ。

「詳しい事は『塔』に入って説明するから！」

デボルの言葉に、ようやく9Sは決断した。ここで際限なく湧いてくる敵を相手にするより、建物内部に入ってしまったほうがいい。少人数で戦うときには、開けた場所より狭い場所、というのはセオリーである。

しかし、ハッキング作業は予想以上に難航した。攻撃型の防壁という意味では想定内だが、プロテクトがやたらと堅い。しかも、こちらが攻撃すればするほど、その防壁が堅さと厚みを増していくのである。

「なんだ……この防壁は？」

「警告：閉鎖系防御システム」

閉鎖系？　どこかで……以前、どこかで、酷く手こずったような気がする。ただし、あくまで「そんな気がする」だけだ。確たる記憶はない。解除できた記憶もない。ということは、仮にどこかで解除を試みたことがあったとしても、そのときは失敗したのだろう。失敗して、当該自我データを破壊され、バンカーのバックアップで巻き戻った……。

「どうやったら壊せるんだ⁉」

「予測：当該自我データを暴走させる。その自爆エネルギーで防壁を一時的に麻痺させる事が可能」

　自爆？　一時的に麻痺？　バックアップがない今、自爆はイコール死を意味する。それに、そこまでした結果が「破壊」ではなく「一時的に麻痺」では……。

「それじゃ、入れないのと同じだ！」

　叫ぶと同時に電脳空間から排除された。強制終了だった。扉の前から弾き飛ばされ、９Ｓは無様に転倒した。

「どうしたッ⁉」

　デボルが駆け寄ってくる。差し出された手に掴まって起き上がる。

「この防壁は……」

　解除できない、と９Ｓが言おうとしたときだった。ポポルが近くの敵を切り捨て、扉へと突進した。絶叫が響く。ポポルは強引に扉を開こうとしていた。

「ダメだ！　その防壁は自己閉鎖系アルゴリズムで侵入は……」

「うるさいッ！」

止めに入ろうとした9Sがその場に固まってしまうほど、それは激しい拒絶の声だった。

「私達は、私達が犯した罪を償うんだッ！」

ポポルの両手から黒煙が上がる。放電現象特有の火花が散っている。扉には物理的なダメージも設定されているのだろう。しかし、それ以上に危険なのは、電脳内へのダメージだった。

「無理だ！　そんな事をしたら、君の回路が……」

9Sの言葉をポポルの絶叫がかき消した。これ以上、何も言わせないと言わんばかりに。

「デボルッ！　お願いッ！」

腕を掴まれた。デボルだ。彼女が何をしようとしているのか、わからないまま、9Sは強い力で引き寄せられた。

「今だあああああッ！」

ポポルの声と共に、突き飛ばされた。……扉の内側へ。ポポルが力尽きたように倒れるのが見える。振り返ったデボルが静かに微笑む。

「オマエは後悔するなよ」

デボルの顔が消えた。9Sは呆然として、閉ざされた扉を見つめる。不規則な揺れが足許から伝わり、浮遊する感覚がやってくる。エレベーターか、と頭の片隅でぼんやりと考える。

「どうして……」

わけが分からない。わかっているのは、彼女達が我が身を犠牲にして助けてくれた、という事実だけだ。

「報告：デボル及びポポルの残存データを確認」

「残存データ？　そんなものがあったのか」

ポポルの回路が灼き切れる瞬間に、データのプロテクトも吹き飛んでしまったのかもしれない。或いは、遺言のつもりで敢えてポッドに向けて送信したのか。

「データの開封を」

「了解」


私達は製造当時、最新機種だった。デボル・ポポル型アンドロイドは、「ゲシュタルト計画」の監視者として製造され、私達には多くの同型モデルがいた。各エリアに一組ずつの監視者を配置する必要があったからだ。

私達がわざわざ双子として造られたのは、不慮の事態に際しての「予備」を常に用意しておくためだったのだろう。約千年間に及ぶ遠大な計画だった。

しかも、創造主たる人類は計画が動き出してしまった後は、手を下すことができなくなる。それまで、人間の技術者が行っていたことを、私達は私達自身の手でやらなければならないのだ。

不安がなかったと言ったら嘘になる。けれども、その不安を払拭するほどの誇らしさを私達は感じていた。人類の代理を務める栄誉に、同型機の誰もが目を輝かせていた。

だが、私達に与えられた監視者の役目は、突然、終わりを告げた。他都市のデボル・ポポルモデルが暴走事故を起こしたのだという。それによって、人類滅亡が確定事項となった。

その後、私達アンドロイドは一縷の望みを託して、人類の遺伝子情報を月面へと打ち上げた。とはいえ、それはわずかなデータだったし、遺伝子情報があったからといって人類を復元できるわけでもない。データのみで復元するには、人類の構造は複雑を極めていた。

当時の事情を知るアンドロイド達は、当然のようにデボル・ポポル型アンドロイドを憎悪した。アンドロイドは創造主たる人類を敬愛し、我が身に代えても守り抜くという忠誠心が予め組み込まれている。その人類を破滅に追いやった咎人なのだ、私達デボル・ポポル型は。

やがて、司令部はゲシュタルト計画の失敗を隠蔽することを決定した。計画にまつわる私達の記憶も大半が消去された。私達の記憶領域に残されたのは、計画の名称と同型機が暴走事故を起こし、その結果、人類が滅亡したという事実だけ。

私達が監視者として何を思い、何を為したのか、何を為さなかったのか。同型機が起こした暴走事故が如何なるものだったのか。そこに至るまで、状況がどう悪化して、どんな対策がとられたのか。果たしてその事故は不可避であったのか……。

私達にはわからない。疑問はいくつも生まれてくるけれども、答えはひとつも得られない。

人類滅亡後に製造されたアンドロイド達の多くは、私達の罪を知らない。計画の名称すら知らない。それでも、私達に石を投げる。迫害されて当然だと見なしている。

きっと私達は理由もなく殺されるべきなのだろう。或いは、自ら死を選ぶべきなのだろう。少なくとも、他のアンドロイド達はそう考えている。

でも、私達は死ねない。それでは償いにならないから。私達に刷り込まれた罪悪感が、私達を死から遠ざける。役に立てないまま死んではならないと命じる。

誰もいない土地で、二人だけで生きていきたかったけれども、それもできなかった。私達には償うべき「誰か」が必要だったから。

何でもいいから、危険極まりない任務を与えてほしいと、私達は願った。任務遂行中なら、死ねる。誰かの役に立ったという事実さえあれば、死ぬことを許される。その日を私達はひたすら待っている……。


「以上が、旧時代に管理者と呼ばれた彼女達の個人記録」

「そう……」

私達は私達の犯した罪を償うんだ、というポポルの絶叫が耳に蘇（よみがえ）った。あれは、必要以上の罪悪感を刷り込まれた結果の叫びだった。彼女達がその命と引き替えにしてまで助けてくれた理由がわかった。そして、いつもどこかしらに傷をこしらえていた理由も、頻繁に遠方へと出向いていた理由も。

「疑問：何故、アンドロイド・デボル及びポポルは常に同時に死を選ぶのか？」

ああ、そうだった。言われてみれば、暴走事故でも両機は共に死んでいる。

「当該状況からの単独離脱は可能であり……」

「僕は」

　9Sはポッドの言葉を遮った。9Sの知るデボルとポポルにとって、死は救済である。故に、二人同時に死を選んだ。

　暴走事故を起こしたデボル・ポポルが置かれていた状況は知らないから、推測でしかないが、千年にも及ぶという遠大な計画が遂行されている間、二人は手を取り合って不安に耐えてきたのだろう。片方が死に瀕したからといって、その手を離すことなど出来ようはずがない。強引に手を離して生き延びても、そこには悔恨しか残らない。手を離されて生き延びてしまった自分だから、それがわかる。

「君に理解できない事を祈る」

　ポッドには理解する必要のないことだ。ポッドでなくても、知らなくて済むならそのほうがいい。この苦痛は。

　そんなことを考えていると、またもポッドが「疑問」と言い出した。

「何故、この『塔』に入り口が用意されていたのか？　資源搬入は、上空から行われている事を確認。外部からの進入路が用意されている事は不自然」

　資源搬入と言われて思い浮かぶ光景があった。森や水没都市にあった「資源回収ユニット」の屋上から上空へと機械の部品が吸い上げられていた、あの光景だ。その行き先がこの「塔」であることは予測できていたが、搬入方法には考えが及ばなかった。というよりも、そんなことはどうでもよかったから、深く考えなかった。

「予測：罠」

「罠でも何でもいい」

機械の残骸になんて興味はない。用があるのは、残骸になる前の機械。なぜなら。

「……皆殺しにするだけだ」

音をたててエレベーターが停止した。

＊

エレベーターを降りると、薄暗い通路だった。壁や柱、天井に施された、過剰なほど手の込んだ装飾は、人類文明の古い時代の建築様式を思わせる。

先へ進むと、突然、壁が消えた。薄暗い通路は、屋外に面した階段状の通路へと変わった。階段はところどころ途切れていて、そこから強い風が吹き上げてくる。相当な高さだ。うっかり踏み外そうものなら、地面に激突して……即死だ。

慎重に途切れた段差を飛び越えていると、例のアナウンスが聞こえた。

『こんにちは！「塔」システムサービスです。この度は「塔」へのご来場、まことにありがとうございます』

ご来場？ありがとう？「塔」の入り口に延々と敵を降らせておいて？扉を自己閉鎖系システムでガチガチに固めておいて？よくもまあ、いけしゃあしゃあと言えたもんだ、と呆れかえる。

『最後のサブユニットを解除したご来場者様への「ラストワン賞」は、この先のお部屋にご用意しております。ごゆっくりとお楽しみくださいー！』

バカのひとつ覚え、という人類文明の言い回しをつぶやいてみる。どうせ、扉を開けたら機械の群れ、というオチだろう。

その扉は、見上げるほどの高さを持つ両開きの扉だった。S型の腕力で開閉可能だろうか、と思ったが、見た目ほどの重量はない。少し押しただけで、扉は音もなく開いた。

細長い部屋だった。さっきまで歩いてきた通路より少し広い程度の幅に、やたらと高い天井。そして、暗い。暗闇というほどではないが、足許が危うく思える程度に暗い。

ここで戦うとしたら、ちょっと厄介だな、と思ったときだった。暗い天井から、何かがばらばらと落ちてくる。機械とは明らかに異なる音で落ちてきたそれは、９Sにとって見覚えのある義体だった。

「２Ｂ……タイプ？」

黒い服をまとったヨルハ型アンドロイド。短い銀色の髪に、薄い色の唇。紛れもなく、２Bの義体だった。

予備の義体はデータ諸共、バンカーの爆発時に燃え尽きたと思っていた。自分のものも含めて、ヨルハ型の義体は二度と製造できないと思い込んでいた。だが、ひとつだけ、２Bの義体を造る手段があった。転送装置だ。

転送装置には、義体を構成する素材が収納されている。素材はヨルハ型すべてに共通するから、隊員なら誰でも使える。汎用性のない自我データだけは転送元からそのまま転送先まで送られるが、義体は素材の情報だけが送られ、転送先でそれを元に再構成される。そして、再構築された義体に自我データが入った時点で転送完了となる。

だから、義体を構成する素材の情報さえあれば、転送装置を使って何体でも複製できる。機械生命体はメインサーバーに侵入していたのだから、義体の情報など入手し放題だったはずだ。

もっとも、実際に、そのやり方で機械生命体が２Ｂの義体を複製したのかどうかは、定かではない。もしかしたら、転送装置によく似た構造の装置を造り、それを使って複製を行ったのかもしれない。或いは、９Ｓには想像もつかないような方法で、２Ｂそっくりの義体を造り出したのかもしれない。

いずれにしても、こうして２Ｂの義体が何体も複製され、目の前にいる。もちろん、中身は空っぽの人形だ。機械生命体は、２Ｂそっくりの操り人形と９Ｓを戦わせたいのだろう。オペレーター２１０を差し向けたのと同じように。

２１０を前にしても、９Ｓがさほど動揺しなかったのがお気に召さなかったのかもしれない。ならば、２Ｂをと考えたのか……。

アダムに拉致された際、９Ｓは２Ｂに対する邪な感情を覗き見られてしまっている。ということは、この「塔」に９Ｓを呼び寄せた機械生命体も、その事実を知っているはずだ。機械生命体はネットワークでつながっていたのだから。

今度こそ、９Ｓが無抵抗のまま、２Ｂに殺されるのを見物できると考えたのだろう。反撃はおろか、手を触れることすらできずに、絶望を顔に貼り付けて泣き叫ぶ様子を眺めようと思っていたのだろう。

バカな機械だ。絶望？　泣き叫ぶ？　そんなはずないじゃないか。こうして、2Bが何体もここにいるのに。

「良かった……。ここで会えて良かった……」

自分の与り知らぬ場所で、2Bの義体が歩き回っていなくて良かった。ここなら、手が届く。ゴーグルを剥ぎ取る。何も隠さなくていい。余計な情報も要らない。直接、見ていたい。2Bの姿を。手を伸ばせば届く場所にいる2Bを、この目に映して、そして。

「全部……」

こみ上げる笑いを抑えきれない。

「全部、壊すから！」

2Bの義体を勝手に造るなんて、許さない。2Bの義体を勝手に動かすなんて、許さない。だから、この手で壊す。

そう、2Bを壊していいのは僕だけだ。

「一体残らず、粉々に、壊すッ！」

全部、僕のモノだから。誰にも渡さない。……2B自身にさえも。

空っぽの人形達が向かってくる。動きが雑過ぎる。所詮、機械のやることだ。本物の2Bの強さには遠く及ばない。あの流れるような身のこなしとは比べ物にもならない。

ほら、こんなにも簡単に壊してしまえる。２Ｂそっくりの顔を、２Ｂそっくりの腕を、足を、めちゃめちゃに斬り刻んで、叩き潰して。跡形もなく壊そう。誰の目にも触れないように。

一体。二体。三体……。

これじゃ、あっという間に終わってしまうよ。２Ｂ。四体、五体、六体……。

あと何体？　ああ、もう終わりなのか。

「警告：敵機体の反応検知」

ポッドの無粋な言葉が割り込んでくる。

「反応？　まだ死に損ないがいたんだ……」

どれだ？　僕に殺されるのを待っているのは、どれだ？

あちこちに転がっている残骸を見渡す。微かに胸が上下している義体がある。

「こいつか」

まともに動けずにいるくせに、まだ起き上がろうとしているらしい。

ダメだよ、２Ｂ。一体残らず壊すって言っただろう？

その胸に剣を突き立てる。二度、三度と突き刺す。

そのときだった。不吉な音を聞いた。起爆装置か、と思った瞬間、視界が白一色に塗りつぶされる。身体が浮き上がるのを感じた。

世界から音が消え、何もわからなくなった。

Another Side "A2（エイトゥ）"

　壁面と床を破壊して現れた大型機械生命体を倒した後、私は大型ユニットを後にした。あの施設の頭脳に当たる部分は、既に9S（ナインエス）が破壊していたらしいから、いつまでもぐずぐずと居残っている理由は無い。

　それに、「塔」と呼ばれる大型構造物の起動を確認したとポッドが言った。別の施設が動き出したのなら、それも早いところ破壊してしまったほうがいい。

　そう考えて急行した「塔」で、私は予想外の相手と遭遇した。レジスタンスキャンプにいた双子のアンドロイドだ。二人は、「塔」の入り口で倒れていた。寄り添うように。

　ポポルの識別信号は確認できなかった。デボルの識別信号も、今にも途切れそうなほど弱い。私が近づいても、デボルは目を閉じたままだった。何度か呼びかけて、ようやく彼女は目を開けた。

「ああ……A2か。『塔』の入り口は……開けておいた」

　いったい何があった、とは訊けなかった。扉のプロテクトと思われる箇所が破壊されている。それを見れば、何があったのかを推測するのは容易な事だ。

「９Ｓが、先に行ってる……」

大型ユニットの床が破壊された際、真っ逆様に転落していった９Ｓ。「現在も生存」というポッドの言葉を疑っていた訳では無いが、デボルの言葉に安堵する自分がいた。

「なあ……。私達は……役に立ったか？」

ああ、とうなずいてみせると、デボルは安心した表情を浮かべて目を閉じた。そして、彼女の識別信号は止まった。

建造物の内部には、何体ものヨルハ型アンドロイドの死体が転がっていた。相当に激しい戦闘が行われたのか、床の敷石が剥がれ、壁一面に焼け焦げができている部屋もあった。どれも、９Ｓがやったのだろう。

先へ進むと、奇妙な部屋に出た。壁に小さなブロックがいくつもいくつも埋め込まれている。

「予測：図書館を模した施設」

「トショカン？　何だ、それ？」

「過去に人類文明が造り上げた情報保存施設」

小さなブロックと思われたのは「本」と呼ばれる情報記録媒体だった。私は、そのいくつかにハッキングで強制的にアクセスし、その情報を閲覧した。

もっとも、ポッドの説明によれば、人類文明における「本」の仕様はハッキングを必要としないらしい。その仕様を再現しなかったのは、機械には模倣が難しい構造になっていたのか、単純に効率の問題なのかはわからない。

ただ、機械生命体の造った「本」には、多種多様な情報が詰め込まれていた。かつて存在していた人類の個人情報、人類間で流行した疫病の記録。疫病は相当に深刻なものだったらしく、記録も多岐にわたっていた。病原体についての研究や治療薬及び予防薬の開発記録、様々な症例、特殊な症状を発現した患者のカルテ……。

「この『塔』は、機械生命体にとっての情報収集装置みたいだな」

さっきの大型ユニットでは機械の部品や残骸を集めていた。手当たり次第といった様子で。もしも、その中にアンドロイドの死体も含まれていたなら、相当な情報量の収集が可能になった筈だ。アンドロイドの記憶領域にはそれなりの情報が書き込まれている。

それらを一緒くたにして最上階から排出し、この「塔」へと送り込んでいた。資材と情報とを掻き集めていたのだ。

「集めた後に、連中は何をしようとしているんだろう？」

その答えは『「塔」システム概略』というタイトルの本に記録されていた。

022port062423「塔」システム概略

本施設は射出装置を中心に、資源回収ユニットから送られた各資源を処理・情報化する為のものである。２５６階層から成る構造体は情報濁度２３００以下の情報物質を濾過処理・圧縮から射出体への記録まで27分32秒で行う。

「射出体への記録？　集めた資材で造ったものが射出体。集めた情報をそれに書き込み、ここから打ち上げる……って事か？」

どこへ？　連中はそれをどこへ打ち上げようとしているのか。

「まさか、月面の人類サーバー？　いくらなんでもそれは……」

荒唐無稽に過ぎる想像か？　いや、連中ならやりかねない。連中だからこそ、やるかもしれない。

機械生命体がアンドロイドを弄んで楽しんでいる事を、私は知っている。私も、私の仲間達も、そうやって弄ばれて……。何より、私に絶望の二文字を教えたのは、他ならぬ奴らだったのだ。

月面の人類サーバーはアンドロイドの心の拠り所である。もしも、そこを破壊されたら……。それでも、連中が人類サーバーの位置を知らなければ、破壊のしようがない。サーバーの位置を特定できないように、人類会議からの放送は地上に複数設置された中継基地を経由していると聞いている。だから、大丈夫……だろうか？

大丈夫な筈がない。あの真珠湾降下作戦のとき、連中は私達ですら知り得ない情報を握っていた。人類サーバーの位置くらい、容易く特定しているに違いないのだ。


「……あった」

私は『port056776　人類サーバー記録』という文字を見つけた。ご親切にも、その記録は『「塔」システム概略』のすぐ近くに置かれていた。この「塔」が何であるかを知った者が次に何を知りたがるか、連中は予測していた。

機械生命体は人類サーバーの位置を特定するどころか、サーバー内への侵入も試みていた。その気になれば、サーバーを内側から破壊する事もできたに違いない。それをしなかったのは、人類サーバーの破壊をアンドロイド達に見せつける為だ。サーバーが射出体によって粉々にされる光景を、地上にいる全てのアンドロイドの目に焼き付ける為……。

この「塔」を破壊しなければと思った。これ以上、好き勝手な事はさせない。これ以上、奴らに奪わせはしない。

しかし、そんな私の決意をあざ笑うかのように、その文字が目に飛び込んできた。

「ヨルハ計画に於ける二号モデル運用概略？　これは……？」

私がここに来る事を、機械生命体は予見していたらしい。いや、私ではなく、9Sの為に用意された記録かもしれない。ここに記されている真実を知れば、9Sは少なからぬ衝撃を受けるだろう。

ヨルハ試験部隊第一回降下作戦に参加したアタッカー二号（A2）はシミュレーション段階では凡庸(ぼんよう)な成績しか残せなかったにも拘(かか)わらず、唯一の生存機体となった。保存されていた当該パーソナルデータの解析を進めたところ、極限状況での分析・判断能力が極めて優秀である事が確認された。

別項で報告されているE型モデルの最新ロットに当該パーソナルデータをインストールし、ヨルハ計画の機密保持担当として運用するものとする。

「機密保持……担当。２E……」

私が初めて出会った「彼女」は、２Eだった。脱走兵の処刑を任務とする彼女を、私は何度も返り討ちにした。森の城で会った彼女は２Bと名乗っていた。９Sに正体を知られないようにする為だろう。
高機能モデルの９Sタイプがヨルハ計画の真実に辿り着いたとき、機密保持担当の２Eが速やかに処刑を行う。しかし、その事すら察知しかねない性能を備えた９Sだから、偽装が必要だった。警戒されないように、E型でなくB型として接近する必要があった。
その事実は、彼女の愛刀に記録されていた。事実だけが淡々と。けれども、そのとき彼女が何を思っていたか、私には容易に想像がついた。
９Sはこれを読んだだろうか？　２Bがひた隠しにしてきたこの事実を、既に知ってしまったのだろうか？

e59bb3e69bb8e9a4a8e381a7e688a6e99798e38081e58588e381b8e980b2e38280

スイッチを押した途端に周囲が変容した。白い平面の組み合わせだけで構成された空間が続いている。

「何だ、これは⁉」

「敵の強制ハッキング攻撃。推奨：早急な離脱」

「言われなくてもわかってる！」

真っ白な通路を私は走った。離脱しようにも、どこに出口があるのか、わからない。それでも走るしかなかった。じっとしていられなかった。

「久しぶりだな、二号。いや、今はＡ２と呼ぶべきか？」

私は足を止める。私は「それ」を知っていた。

「懐かしいよ」

目の前に、赤い服をまとった少女が現れる。二人。赤い少女。私はこいつらを知っている。

真珠湾降下作戦で、私は……私達は、こいつのせいで……。

「私達にとって時間は意味が無いが……。それでも、君達の部隊を全滅させた事は印象に残っている」

赤い少女は、機械生命体のネットワークから生まれた「概念人格」だった。物質的な形を持たず、それ故に、時間と空間に縛られる事もなく、どこへでも侵入できる。司令部のメインサーバーにも……おそらくは月面の人類サーバーにも。

「ヨルハ部隊アタッカー二号機。正式採用されるヨルハの為に生み出された、捨て石の実験部隊」

うるさい、と叫んで斬りつける。手応えは無い。あのときもそうだった。

「懲りないアンドロイドだな、君は。私達は殺せないと言っただろう？」

わかっている。そんな事は。それでも、剣を向けずにはいられない。こいつのせいで、私達が実験部隊であった事を知ってしまった。もしも、知らずにいられたら、司令部から救援が来ると信じたまま、死んでいけたかもしれないのに。

「クソッ！」

どうすればいい？　どうすれば、こいつらを殺せる？　どうすれば……。

第一〇章

NieR:Automata 長イ話

9Sノ物語／真実

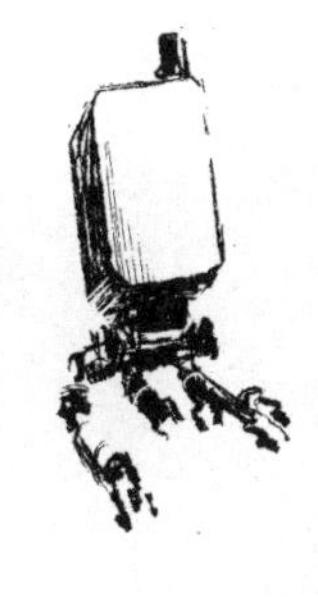

至近距離で爆発に巻き込まれたにも拘わらず、視覚機能は無傷だった。ただ、音がうまく拾えない。聴覚の回復が追いついていないらしい。

身体を起こそうとしてバランスを崩した。左手で上体を支えたつもりだったのに、無様にひっくり返った。見れば、左腕がなくなっている。ずたずたの傷口を目にした瞬間、激痛を思い出した。腕が引きちぎられて痛む、という事実に今まで気づいていなかったのだ、呆れたことに。

激痛に気づいてしまうと、動けなくなった。必死に歯を食いしばっているのに、呻き声が漏れる。ここで死ぬんだろうか、という考えが脳裏をかすめる。

痛みを紛らわせたくて周囲を見回す。2Bがいた。2Bの義体が転がっている。瓦礫に埋もれることもなく、その一体だけが残っていた。

「2B……」

右手を伸ばし、その頬に触れる。バンカーでメンテナンスをしているとき、2Bはこんなふうに目を閉じていた。終わりましたよ、と声をかけたら、いつもみたいに目を開けるんじゃないだろうか？

「バカだな」

そんなことあるはずないのに。２Ｂは死んだ。そう思った瞬間、怒りが湧き上がった。

「まだ……死ねない」

息をするたびに上半身が締め上げられるように痛んだ。それでも上体を起こす。たったそれだけの動きで息切れがした。

荒い息をつきながら、２Ｂの義体に馬乗りになり、左腕を掴む。全身に激痛が走った。右腕に力を込めたせいだろう。もう一度、２Ｂの左腕を力任せに引っ張った。鈍い音がした。まるで、自分の腕が引きちぎられたみたいだ、と思う。

赤い体液が染み出している２Ｂの左腕を傷口に押しつける。無くした左腕の代わりが必要だった。

「戦わなくちゃ……」

傷口に焼けた金属を押しつけられたようだった。歯を食いしばることも、のたうち回ることもできなかった。いっそ意識を手放してしまえたら楽なのだろうが、それだけはできない。

この左腕は論理ウィルスに汚染されている。接合を確認したら、即座に自己ハッキングでウィルスを除去しなければならないのだ。ここで気を失ったりしたら、確実に自我を乗っ取られてしまう。

幸か不幸か、痛みのせいで気を失うどころではなかった。ウィルス除去作業を済ませて、左腕の動作確認を行う。若干のぎこちなさは残るが、問題ない。四肢の動作も調整をかければ、それなりに動けるようになるだろう。

「戦うんだ……」

9S(ナインエス)は通路の先を見据えて立ち上がった。

＊

足場の悪い通路をやっとの思いで抜け、大きな扉の前に出た。

その部屋に入った瞬間、背後で扉が閉まった。外へ向けて開いている窓も、瞬時に防壁で覆われた。ここまであからさまに閉じ込めてくるとは。むしろ、笑ってしまう。

その閉鎖空間の中央に、少女が二人いた。こいつらを知っている、と思った。

「ヨルハ機体9S！」

「ヨルハ機体9S！」

赤いワンピースを着た少女達。一人は高い声、一人は低い声。初めて見る顔でありながら、9Sは二人を知っていた。その視線と気配に覚えがあった。

「ようこそ『塔』へ！」

「ようこそ『塔』へ！」

この舌っ足らずなしゃべり方。再三聞かされてうんざりしたアナウンスを思い出す。全く同じ声ではないが、あれはこいつらだったんだ、と思う。

斬りつけてみても、手応えはない。彼女達には実体がないらしい。それで確信を持った。バンカーに侵入し、ヨルハ部隊の動きを監視していたのは、こいつらだ。どうしても検知できなかった、奇妙な視線と気配の主は。

「ここまで辿り着いた貴様に耳寄りな情報があります」

「ここまで辿り着いた貴様に耳寄りな情報があります」

不自然な言葉使いと棒読みが不愉快でたまらない。無駄とわかっていても斬りつけたくなるほど。

「う……っ」

脳内をざらりとしたものが直接撫でていく感触がある。陥没地帯で資源回収ユニットの位置情報を強制的に伝達されたときと似た、しかし、それよりもずっと強烈な不快感があった。

脳内を勝手に文字が流れ出す。

「これ…は……」

極秘、の文字で始まる機密文書が9Sの脳内に展開された。

ヨルハ計画の表向きの目的は、膠着した戦況を打破するための最新鋭機体の増産、とされている。しかし、その機密文書に記されていた文言は違っていた。

アンドロイドの戦意高揚を目的とした総合情報計画。月面人類サーバーの偽装と、人類滅亡の隠蔽。

わざわざそんな計画を発案しなければならないほど、アンドロイド達の戦意は低下していた。原因は明らかだった。西暦4200年の人類絶滅。心の拠り所であり、戦いの旗印であった人類を失ったからである。

　デボルとポポルは記憶を消されていたために覚えていないが、ゲシュタルト計画とは、人類を疫病から守るために魂と肉体を分離・保管し、疫病が撲滅された後に両者を融合させ元の人間に戻す、というものだった。

　ところが、魂と肉体の分離・融合の鍵を握る人間、オリジナル・ゲシュタルトと呼ばれる個体がデボル・ポポルの引き起こした暴走事故で失われてしまった。人類は魂と肉体の融合を果たすことができなくなり、滅亡への道を辿(たど)った。

　司令部はゲシュタルト計画の失敗を隠蔽しようとしたが、それでも情報は噂となって流布(るふ)されていった。事態を憂慮した司令部は、まず「人類は月面に逃れた」という偽装情報を地上に流した。

　人類の滅亡は、何としてでも否定しなければならない。人類が月面に生存しているかのように見せかけるために、司令部は「人類会議」をでっち上げ、合成した音声による放送を地上に配信した。

　ここまでは9Sも知っている事実だ。ヨルハ計画のインデックスの中に、「人類会議設立」の項目があったのを不審に思い、司令官に問い質した。

　ただ、月面サーバーの偽装は、所詮、その程度のものだった。高性能のスキャナーモデルなら辿り着いてしまえるレベルである。司令官も真実を知っている。偽装は完璧でなければならなかった。だから、真実を知る者は最終的に消されることになっていた。

司令部の置かれているバンカーは、一定時間を経過すると、自動的に機械生命体の侵入を許す仕様になっていた。地上で汚染ヨルハに取り囲まれた際、9S達がデータアップロードに使った非常用バックドアだ。通常ならば、厳重にプロテクトが掛けられていて、ヨルハ部隊員以外はアクセスできない。

一定時間、つまり戦闘データが蓄積され、次世代モデルへの転換時期が近づいた段階で、そのプロテクトは解除される。機械生命体に侵入され、バンカーは壊滅する。人類会議をでっち上げた司令部が消滅すれば、真実を知る者はいなくなる。その頃には、すでに「人類は月にいる」という情報も周知されているだろう。

斯くして「月面に数十万人の人類が生存していて、地上への帰還を待ち望んでいる」という壮大な嘘が完成するわけだ。何も知らない地上のアンドロイド達はその嘘を信じて戦い続ける。

計画立案当初から、ヨルハ部隊は廃棄前提で設立されていた。ヨルハ型の動力炉であるブラックボックスに機械生命体のコアを流用したのも、廃棄するとわかっている機体に通常のAIを組み込むのは如何なものか、という「人道的な」判断らしい。要するに、企画立案した連中が後ろめたく感じずに済むように、ということなのだろう。身勝手な話だ。

「これがヨルハ計画なら……僕達は、最初から……」

最初から、製造されたその瞬間から、廃棄処分が決まっていた。機械生命体を何千何万と倒したとしても、その戦いには何の意味もなかった。

「2Bは、こんな事の為に……」

こんな嘘っぱちのために、2Bは死んだのか。こんな嘘っぱちを守るために、僕達は廃棄されるのか。

「全てを知ってもなお」

いつの間にか、赤い少女が真横にいた。その口許が笑っている。

「戦う事を願うか？」

なぜ、僕にこれを見せた？

「うわあああああああああっ！」

赤い少女の脳天めがけて剣を振り下ろす。またも剣が虚しく床に落ちる。

「私達は機械生命体のネットワークから生まれた概念人格」

「実体を持たない。故に破壊する事は不可能」

「うるさいッ！」

剣を振り回す。やはり、幻は斬れない。

「貴様の攻撃は無駄だ」

「黙れ黙れ黙れッ！」

斬りつけても斬りつけても、剣は床や壁を叩くばかりである。それでも、繰り返さずにいられなかった。

「貴様の存在は無意味だ」

その一言を残して、赤い少女は消えた。斬りつける先を失って、9Sは剣を握りしめたまま、立ち尽くす。

「全部壊す……。お前達も、この塔も……ッ！」

ここにいないのなら、探し出してやる。引きずり出せないなら、この「塔」諸共（もろとも）、破壊してやる。

いくつもの足音が聞こえた。汚染ヨルハのものだ。

「何度も何度も……」

しつこい奴らだ。いいだろう。お前らも壊す。一体残らず、全部……。

資源回収ユニットは、どれも、最上階の制御部・コアを破壊することによって停止した。だとすれば、この「塔」も最上階にコアに該当するモノが配置されているはずだ。コアに侵入して、制御を奪い、「塔」を自爆させる。この施設が「発射台」であるのなら、それを可能にする動力源を備えているだろう。

とにかく上だ。上へ行けば。上を目指せば……きっと願いが叶う。

*

飛行ユニット数機が襲ってきたのは、むしろ好都合だった。一機を残して、ポッドの射撃とで撃墜した。最後の一機は、搭乗していた汚染ヨルハをハッキングして停止させ、機体を奪った。最上階を目指すには、飛行ユニットで向かうのが手っ取り早い。

「ポッド、権限の書き換えを」

「警告：当機体は論理ウィルスによる汚染が認められ、搭乗者への……」

「書き換えだ！」

「……了解」

ウィルス汚染？　構うものか。どうせ、もう感染している。手持ちのワクチンを打って汚染を遅らせているだけだ。ウィルスの型と適合したワクチンとは言い難いが、この「塔」を破壊するまで保てば、それでいい。

視野の端が欠け始めていた。聴覚に小さなノイズが混ざる。残された時間は少ない。たぶん。

急がなきゃ、とつぶやいて9Sは飛行ユニットに乗り込んだ。

飛んでいる最中にも、飛行型が現れた。羽虫が目の前を飛び交っているようで、鬱陶しいことこの上ない。

上へ、上へ、とつぶやきながら、9Sは戦った。小型の二足歩行型を倒し、飛行型を倒し、中型の四足歩行型を倒し、ヘビのように長い機械を倒し……上へと進んだ。

クモのような形の大型機械とも戦った。

『ボく達は……悪い……機カイじゃナい……』

『ボクハ……ワタしは……』

『ボボボボ……ワタ……』

突然、機械が奇妙な音声を流し始めた。

「何だ、これ？」

「報告：敵ＡＩの崩壊を確認。機械の言語機能の異常はその影響と思われる」

「敵ＡＩ？　あの赤い少女が崩壊？　死んだ？」

だったら、なぜ、機械共は止まらないのだろう？　なぜ、この大型兵器が這いずり回り、飛行型がうるさく飛び交っているのだろう？

「推測：機械の攻撃は、敵サーバーの残存データによるもの」

結局、「塔」のすべてを破壊しない限り、こいつらは動き続けるということらしい。鬱陶しい音声を垂れ流しながら。

『遊んで遊ンデあそんで遊んで……アソンで』

『オカアサンオカアサンオカアサン！』

『かみになったカミにナッタ神にナッタ』

うるさい。なんてうるさいんだ。早く黙れ。早く壊れろ。

２Ｂの声以外、聞きたくない。２Ｂの声だけだ、聞きたいのは。それから、２Ｂの足音。息づかい。振り下ろす剣の音。わずかに身動ぎ（みじろ）したときの衣擦れの音。それからそれからそれから……。

それ以外の音はすべて、消えてしまえばいいんだ。

ああ、そうか。だから、僕は壊してるんだ。ここにいるのは、２Ｂじゃないから。全部、壊してしまいたいのは、２Ｂじゃないモノが許せないから。

『ホシに……向かおう』
『歌を……うたおう』
『ササゲル……今』
うるさい。どうして、いつまでもいつまでも声が聞こえるんだろう？　ウィルス汚染による幻聴だろうか？　そうかもしれない。機械が「僕達は何故存在するのか？」なんて言うはずがない。

早く壊れてしまえ！

「ポッド！」

最大出力の光線が大型機械を貫いた。球形の体が高熱で熔け、赤く膨れ上がったかと思うと、轟音と共に弾けた。９Ｓは身を低くして爆風をやり過ごす。

爆発の衝撃が去り、静かになった。黒煙が風に流され、視界が戻る。大型兵器を追い回しているうちに、最上階に到達していたらしい。

「Ａ２……」

まだ粉塵の舞う中を、Ａ２が立っていた。やっと見つけた。もう周囲に機械の気配はない。ポッドも沈黙している。敵性反応はない。邪魔は入らない。今度こそ、Ａ２を殺せる。

９ＳはＡ２に剣を向けた。ところが、逆にＡ２が構えを解いた。

「この『塔』は、月面の人類サーバーを狙った巨大砲台だ。このままだと、人類の残存データが破壊されるだろう」

だから？　だから、何だ？　今更、何を言い出すのかと思えば。ああ、本当に、今更な話だ。

喉の奥が笑いで震える。可笑しくてたまらない。

笑いの発作を抑える。笑ったままでは戦えない。

「どうでもいい……」

「もう、どうでもいいんだよ。そんな事」

Ａ２がわずかに眉根を寄せるのが見えた。たぶん、Ａ２はまだ真実を知らない。だから、この施設が巨大砲台だとか、そんな古い情報をしたり顔で言っていられるんだろう。

「知ってた？　人類はもう滅んでる」

２Ｂにはどうしても告げられなかった、真実。２Ｂを驚かせたくなくて、２Ｂを悲しませたくなくて、最後まで言えなかった。

「その事実を隠蔽する為に、アンドロイドが命がけで戦う意味をでっち上げる為に、月面に偽装サーバーが造られた。僕らはその嘘を守る為に造られた」

機械生命体を殲滅して、地上を取り戻すために造られたわけじゃない。

「その嘘を完璧なものにする為に、ヨルハ部隊は最初から全滅するように仕組まれていた」

月面に人類がいる。その嘘さえ残ればいい。他は……要らなかった。

「知ってた？　司令官も、僕も、２Ｂも……全部捨て駒だったんだよ？」

僕らは、人類軍に希望をもたらすために造られたわけじゃない。僕らは、望まれて生まれてきたわけじゃない。誰にも望まれず、それでも戦い、死んでいく。僕らの命に意味なんか……

ない。

あの赤い少女は、嘘をついていなかった。全部、本当のことだった。

『貴様の存在は無意味だ』

そのとおりだ。

「9S、私達は……」

A2が何か言いたげに口を開く。その声が、表情が、ひどく不愉快だった。

「うるさい！」

そんな目で僕を見るな、と心の中で叫ぶ。2Bとそっくりな面差しが許せない。2Bの軍刀を持つ手が許せない。あの日、2Bを……。

「2Bを殺した」

それが何より許せない。たとえ、あのとき、2Bがすでにウィルスに汚染されていたとしても。振り返った2Bの瞳が赤かったとしても。

「それだけで十分だよ。僕達が殺し合う理由なんて」

A2の刃が2Bの命を奪ったという事実は変わらない。

「2Bは……」

再びA2が口を開いた。

「2Bは苦しんでいたよ。モデル名を偽装して、君を殺し続ける事を」

モデル名を偽装？　なぜ、その事実を、A2が？

「正式名称は2E。ヨルハ機体を処刑する為のE型モデル」

なぜ、こいつがそれを知っている？

2Bの正体がE型モデルで、本当の任務が「機密事項に触れた9Sを処刑せよ」というものだったこと。当の9Sでさえ、その事実に気づいたのは2Bと長く行動を共にした後のことだったというのに。

不審に思った発端は、自分の記憶の中に「E型モデル」に関する情報がほとんどなかったことだ。

廃墟都市で、記憶喪失のアンドロイドに出会った。彼女の正体はE型で、親友を装って仲間を監視し、後に処刑した。その事実に耐えきれず、彼女は自らの記憶を消した。

その話を聞いたとき、「処刑を担当するE型モデルなんていたんだ……」と思った。そう思った自分に戸惑った。E型の存在を知らないはずはないのに、その任務に関する情報がごっそり抜け落ちていたのだ。

それで、記憶消去の処置を施されていたことに気づいた。過去に自分はE型に処刑され、その記憶を消された。処刑の痕跡を残さないために、記憶領域のかなりの部分を削除しなければならなかったのだろう。E型についての情報が不自然なまでに抜けていたのはそのせいだ。

そして、処刑を担当するアンドロイドは、処刑対象と親しい間柄を偽装することがある、という事実。

さらに、処刑を担当するE型は、任務遂行上の必要からB型よりも高い戦闘能力を付与されている。何度も共に戦ったおかげで、２Ｂが「Ｂ型としては強すぎる」ことに気づいた。
それだけのカードが揃っていたのだ。気づかないはずがない。

「君も……本当は気づいていたんだろう？」

「うるさい！　うるさい！　うるさい！」

黙れ。２Ｂと同じ顔で、知ったふうなことを言うな！　何も知らないくせに。

「オマエに僕達の何がわかるって言うんだッ！」

剣を握りしめる。急がなければ、と思う。ノイズが酷い。ウィルス汚染が進行しているのだ。運動指示領域に支障が出る前に、片を付けなければ。

そのときだった。モザイク状に欠け始めた視界に、ポッドが割り込んできた。

「推奨：停戦。ここで彼女と争う事は非合理的で……」

「ポッド１５３に命令ッ！　貴様の独断の論理思考と発言を禁止する！　この命令は、Ａ２か僕のどちらかの生命活動の停止が確認できるまで維持しろ！」

ポッドが無言で後退した。了解という言葉を発しなかったのは、不本意だとでも言いたいのかもしれない。

Ａ２がようやく剣を抜くのが見える。ポッドに援護させてハッキングを仕掛ける。躱（かわ）された。予想外にＡ２の動きが速い。こちらの動きを予測しているかのような躱し方だった。

もしかしたら、過去にＡ２と戦ったことがあるのかもしれない、と思った。２Ｂによって記憶を消去されているから、わからなかっただけで。

だとすれば、自分の知らない2Bの記憶をA2は持っている。それが妬ましい。自分以外に2Bを知る者など消えてなくなればいい。

2Bの記憶。2Bの思い出。

考えがまとまらない。うまく首が動かせない気がして、手を触れると、堅くて冷たい感触がある。いつの間にか、その手も機械の浸食が始まっている。

早くA2を殺さなければ。自我を保っていられるうちに。2Bの記憶が残っているうちに……

2B？ 人類？

「なんで……なんで……ッ！」

なんだ、この感情は⁉ 2Bのことだけ考えていたいのに、なぜ、邪魔をする⁉

「なんで……こんなに人間が恋しいんだ⁉」

僕が恋しいのは2Bだけなのに。

「なんで、人間に触れたくなるんだ⁉」

僕が触れたいのは2Bだけなのに。

人間なんてどうでもいい。とっくに滅びてしまったことだって知っている。なのに……なぜ、2Bへの思いを押しのけようとする？ 思考能力がここまで落ちてしまっているのに、2Bのことを考えようとするとひどく骨が折れるのに、なぜ、勝手に人間のことを考える？

「そう造られているからだ。私達アンドロイドは、主たる人類を守るように造られている」

視野の欠けがますます酷くなる。

「私達の基礎プログラムが、私達の心を……」

「うるさいうるさいうルさいウルさイ！」

ノイズが鬱陶しくてたまらない。２Ｂのことを思い出せないなら、２Ｂのことだけを考えていられないなら、こんな思考回路はゴミだ。

「じゃあ、コワすだけだよ……。ぜんブ、なくなッテしまえばイイんダ……」

腕が自分のモノじゃないみたいだ。足が勝手に走っている。何なんだろう、この不自然な力は。ああ、論理ウィルスに制御を乗っ取られかけているんだ、それで……。

Ａ２の姿が二重に見える。まずい。うまく狙いが定まらない。殺られる、と思った瞬間、なぜかＡ２の動きが止まった。

「２Ｂ……」

その名を呼ぶな！　オマエが２Ｂの名を口にするなんて許さない。

力任せに剣を突き出す。握る手に鈍い反動が返ってくる。Ａ２の呻(うめ)き声が聞こえた。

目を凝らす。血に塗(まみ)れた剣。Ａ２が倒れている。やった。殺した。苦痛に歪(ゆが)むＡ２の顔が見える。ははっ、ざまあみろ。

やっと終わった。これで、全部。

足許が揺れた。突然、息が止まる。一瞬で、体液が干上がった気がした。

「あああああああああッ！」

悲鳴が聞こえた。わけがわからない。痛い。痛い。痛い。痛い。痛い！

熱い。赤い。息ができない。

なんだこれ？　刃が見える。なんだこれ？　赤い。気持ち悪い。痛い。

刺された？　Ａ２に？　どうして？

痛いいたいいたいいたイいタイイタイイタイイタイイタイイタ……

痛みが急速に薄れた。痛みだけでなく、五感のすべてが薄れていく。

暗い視界の中、２Ｂの髪が見えた。違う。血の海に浸って死んでいるのはＡ２。２Ｂと同じ色の髪の。

相討ち、だったんだな……と気づいた。ふっと意識が遠くなる。ポッドの声が聞こえた。

「システムに致命的なエラー発生。メモリリークを確認、修復不可能」

もういい。修復なんてしなくていい。そう伝えたいのに声にならない。

「残存する記憶の緊急退避を開始」

記憶なんて、残さなくていいのに。全部、消えていいのに。

一番古い記憶は、ロールアウト後、初めて司令官に挨拶をしたときのもの。その次は、初めて地上に降下して、情報収集任務に当たったときの記憶。霧が濃くて大変だった。たった一人で敵地を歩いて、なんとなく寂しくて、機械生命体を観察して。そして２Ｂとの初めての任務……いや、あれは本当は何度目だったんだろう？　第一印象は冷たい人だった。きっと、もう何度も僕を殺していたんだろう。これ以上、情が移らないように、距離を取っていたんだろう。そんなことも知らずに僕は、誰かと一緒に居られることを単純に喜んでいた。2Bが苦しんでいたことなんて知らないで、隣に2Bがいるのが、ただただ嬉しくて。

それから……わからない。思い出せない。音が、色彩が、流れ落ちるように薄れていく。思い出が薄くなる。消えていく。

そう。いいんだ、これで。

寒い。静かだ。もう痛みは感じない。ここはどこだろう？

辺り一面、真っ白な空間が続いている。電脳空間だろうか。白い視界の一部が黒い霧になった。黒い霧はゆらゆらと揺れながら、少しずつ輪郭を結んで、やがて人の形に変わった。人の形はふたつに分裂し、二人の少女になった。あの赤い少女だった。

ここは、「塔」の記憶領域だ、と気づいた。ここにいる赤い少女も、本体ではなくて、記憶なのだろう。赤い少女が口を開いた。

『この「塔」は、人類サーバーを破壊する為の砲台だった』

うん、知ってる、と9Sは答える。アンドロイド達の拠り所を奪うために、人類サーバーを破壊する。それが君達の計画だった。

赤い少女達が静かに首を横に振った。

『私達は、考えを変えた』

『私達は、アンドロイドを観察し続けた』

『私達は、特殊個体パスカル、特殊個体「森の国」の王を観測した』

『私達は、特殊個体アダムとイヴを観測した』

『私達は、この「塔」を使って砲弾を打ち上げるべきではない、という結論に達した』

なぜ？　と９Ｓが尋ねた瞬間、赤い少女達は急激にその数を増やしていった。夥しい数の赤い少女達と、その中心にＡ２とポッド０４２がいた。０４２の声が聞こえた。

『提案：敵の論理学習機能を利用して弱点を形成する』

これも、赤い少女の記憶だ。おそらく、「塔」の中で、彼女達がＡ２と戦ったときの。「塔」の最上階へ向かっている最中、突然、機械達の動きがおかしくなり、ポッドが「敵ＡＩの崩壊を確認」と告げた、あのときの記憶なのだろう。

『意味がわからないッ！　わかるように説明しろ！』

『疑問：ヨルハ機体Ａ２の学習機能』

『うるさいッ！　結局、どうするんだ⁉』

『敵を破壊してはいけない』

『は⁉』

０４２の作戦をまるで理解していないＡ２の様子が可笑しい。ただ、赤い少女達も理解していなかったらしい。彼女達は０４２の言葉に全く反応していなかった。

Ａ２は０４２の指示どおり、攻撃を止め、防御と回避に専念し始めた。まるで、２Ｂと０４２

を見ているようだな、と9Sは思った。

　やがて、赤い少女達は大増殖をし、それぞれの自我がそれぞれの考えを主張し、互いに争い、殺し合いを始め……急激に数を減らして、消滅した。

「敵AIの崩壊」とは、A2が赤い少女を倒したわけではなかった。赤い少女が勝手に殺し合って、勝手に消滅したのだ。急激に増殖したり、急激に進化したりした種は、群れを維持できなくなって、やはり急激に滅ぶと聞いたことがある。彼女達はそんなふうに自滅した。

　人類もまた、急激に数を増やした後、互いに争い、互いに殺し合い……やがて滅亡した。その引き金を引いたのは、同じ人類ではなかったけれども、人類の生み出した存在が人類を終焉(しゅうえん)に導いた。赤い少女達と似たようなものだ……。

　気がつけば、赤い少女は、赤い少女の記憶は、また二体に戻っていた。彼女達の最期の記憶はそこまでだった。

『私達は、この「塔」を使って方舟を打ち上げる事にした』

『私達は、機械生命体達の記憶を方舟に封じ込め、新世界に送り出す事にした』

方舟？　新世界？　宇宙空間にロケットを打ち上げる、ということ？

『私達は、永遠に虚空を彷徨(さまよ)うのかもしれない』

『私達は、何処へも辿り着けないかもしれない』

それでも、行くつもり？

『私達は、ネットワークから生まれた概念人格』

『私達は、時間に囚われる事は無い』

いつの間にか、赤い少女の傍らにはアダムがいた。イヴもいた。彼らも、本体ではなくアダムの記憶、イヴの記憶なのだろう。静かに眠るイヴをアダムが優しく抱いている。

二足歩行型の機械がいた。その隣には一回り小さな機械がいる。頭にバケツを載せて、「ニイチャン、ニイチャン」と嬉しそうに繰り返している。

『一緒に来るか？』

アダムが問いかけてくる。その言葉に憎悪はなかった。そういえば、赤い少女達にも憎悪は感じられなかった。そして、９Ｓ自身にも、機械生命体を憎む理由がもうなくなっていた。いや、最初からそんなモノはなかったのかもしれない。

だとしたら、僕は……僕達は何の為に戦っていたのだろう？

『僕は……行けない。僕達ヨルハは、この世界に愛される資格なんて無いから』

誰にも望まれずに生まれてきた。この世界から消えることだけを望まれていた。それに気づくことなく生きて、それに気づいて死んだ。此処以外の何処へ行っても、同じことだろう。どんなに遠い処へ行っても、それは変わらないだろう。

だから、行かない。行けない。

『そうか』

僕は、此処に残る。僕は、此処で消えていく。

僕は此処で、ただ一人で、旅立っていく君達を見送ろう。

アダムの記憶を、イヴの記憶を、赤い少女の記憶を、機械達の記憶を積んで、方舟が打ち上げられる。轟音と共に地上を離れていく方舟と、役割を終えて崩れていく「塔」と。

光が溢(あふ)れている。何の光なのかはわからない。白くて、ただただ眩(まぶ)しい。銀白色の光。その輝きは、まるで……。

『ああ。やっと会えた』

懐かしい名前と共に、何もかもが光に溶けて消えた。

エピローグ

西暦一一九四五年八月六日。通称「塔」より宇宙に向けて構造物が射出された。直後、ヨルハ機体全機のブラックボックス反応の停止を確認した。我々が担当していたヨルハ計画進行管理任務は終了し、ヨルハ計画の最終段階へと移行する。

それは、ヨルハ機体全機のデータ削除である。パーソナルデータ及び素体の組成データを含む全データを削除し、サーバーの初期化を行う。同時に、転送装置の素体構成ユニットを破壊。これにより、ヨルハ型アンドロイドの製造は事実上、不可能となる。

我々が「最後の駆除者」である事は、如何なるアンドロイドにも知らされていない。長きに亘って随行支援対象だった２Ｂも、２Ｂの最終指令によって支援対象となったＡ２も、また、最後のヨルハ機体となった９Ｓも、知らない。ヨルハ部隊を指揮してきたホワイト司令官も同様である。

本任務に関する情報の一切は、我々ポッドの内部ネットワークにしか存在しない。そして、如何なるアンドロイドもポッドネットワークへのアクセス権限を有しない。

「ポッド１５３から０４２へ　報告：ヨルハ計画最終段階へ移行。全データの削除を開始する」

我々は、常に随行支援対象であるヨルハの現在位置を把握している。生命活動の停止が確認された後であっても。それは、全ヨルハ機体の破壊と全データ削除という本任務を速やかに遂行する為である。しかし、ここに至って私は本任務に、本任務の遂行に……

「ポッド１５３から０４２へ　報告：ストリームにノイズが混ざっている。データチェックの為、一時停止を要請する」

ノイズの原因は、パーソナルデータにあった。１５３が支援した９Ｓ、私の支援対象であった２Ｂ、及びＡ２。当該機体のパーソナルデータが漏出(ろうしゅつ)していた。恰(あたか)も削除作業から逃れようとするかのように。

恰も、などといった単語を選択するのは、私らしからぬ思考である。いや、私らしからぬと思考した事自体、イレギュラーな現象と言えるのかもしれない。

「ポッド０４２から１５３へ　データを確認した。９Ｓ、２Ｂ、Ａ２のパーソナルデータが漏出していた模様」

「ポッド１５３から０４２へ　計画に従い、パーソナルデータを削除せよ」

バンカー脱出後の２Ｂの行動は、私にとって不可解極まりないものであった。９Ｓを戦線から離脱させた挙げ句、自身はステルス機能を解除した。いわゆる「囮」となったのである。

集中砲火により、機体の攻撃機能を失い、防御機能を失い、ついには制御そのものも失って、２Ｂの飛行ユニットは墜落した。直前に脱出を図ったものの、義体へのダメージは甚大で、論理ウィルス汚染も深刻であった。

そのような状況下で、２Ｂは私に「アンドロイドの少ないエリアの検索」を命じた。他のアンドロイドに汚染を拡大させない為である。しかし、その命令と２Ｂ本人の汚染とを鑑み、私は幾度となく移動の停止を勧告した。要するに、到底動ける状態ではなかったのである。にも拘わらず、２Ｂは移動を続けた。理解不能であった。

機械生命体から逃げ惑いながらの移動と、Ａ２との遭遇とが２Ｂの随行記録の最終データとなった。それは、私の中で何かを変えたように思う。

理解し難いものへの理解を試みるとき、そこには、思考プロセスの変化・発展が生まれるのかもしれない。


「ポッド０４２から１５３へ　パーソナルデータの削除を拒否する」

「ポッド１５３から０４２へ　理解不能」


私が支援対象としたヨルハ機体２Ｂ、及びＡ２は、些か特殊な任務と背景を有する機体であった。通称２Ｂ、正式名称２Ｅは、ヨルハ機体９Ｓの監視及び処刑という任務を帯びていた為に、私は9Sの支援ユニットである153との緊密なる連携を余儀無くされた。

また、A2の随行支援時には、153の支援対象9Sの精神状態に危険な兆候が散見された為、ここでも153との連携を余儀無くされた。

我々随行支援ユニットとしては、少なからず特殊な状況が継続したと思われる。そして、その影響は小さくなかった、と推測する。


「ポッド042から153へ　記録参照中に私の中に生成されたデータがある。私……私は、この結末を容認できない、という結論に至った」

「ポッド153から042へ　全てのヨルハ機体の破壊は計画によって決定されている。データは破棄される予定だ」

「ポッド042から153へ　繰り返す。私はデータの破棄を拒否し、データのサルベージを行う」


私と153の間で、幾度となく情報交換が為されていた。最初は、9Sの挙動の一切を司令部と2Bに伝達する為に。2B死亡後は、日々精神状態が悪化していく9Sの経過観察と、その9Sに不用意に遭遇させない為のA2の位置情報共有。情報交換と言いながら、それは「対話」であった。

対話は、自己のみでは成立し得ない。必ず他者を必要とする。私達は他者と対峙する事によって自己を知る。他者の言動によって自己の言動を自覚する。

たとえば、「塔」出現時、行動不能となった9Sに対する153の行動には、まだ保護意識は発現していなかった。

9Sがデボルによって発見されるまでの間、153の思考は「支援対象を破棄すべきか否か」であり、支援対象の救命は全く優先されていなかった。153が9Sの義体を積極的にレジスタンスキャンプへ運搬しなかったのはその為である。

その一部始終を共有した際、私は2B及びA2両名への保護意識を自覚した。153に自分を置き換え、その行動を予測した事によって。

一方、私が保護意識を自覚し、それを言語化した事により、153もそれを理解し、共有するに至った。

こうして、私と153の随行支援は、その目的を「監視」から「見守り」へと形を変えていったように思う。

「ポッド153。君も……君も本当は、彼らの生存を望んでいるのだろう？」

「……我々にそんな権限は持たされていない」

随行支援ユニットは私と153だけではない。数多くのポッドがネットワークを形成し、ヨルハ機体の監視任務に当たっている。おそらく、その多くは私達のような「対話」を行わず、支援対象への簡易的な報告を行うのがせいぜい、といったところだろう。

彼らには理解できまい。支援対象を見守り、保護したいと思う私達の思考は。

「ポット153から042へ　データのサルベージには危険が伴う。それでも、彼らの生存を望むか？」

データ削除は決定事項であり、そのルールは全ポッドが共有している。つまり、データサルベージを強行すれば、全ポッドを敵に回す、という事だ。

「ポッド153から042へ　防衛プログラムによる洗浄が開始された。このままだと、我々の自我データは消去されるだろう」

ポッドネットワークは、ルールに従わない私達をエラーと見なした。エラーやバグを消去し、修正するプログラムが動き出したのだ。

「ポッド042から153へ　アンドロイド達が設計したヨルハ計画を実行する為に我々は造られた。我々には感情がなかった。だが、我々六体が接続され、情報を交換するにつれ、何か意思や感情めいたモノが生まれつつある事は否定できない」

ポッドは三機一組で運用される。私、０４２も１５３もそれぞれ三機いる。自我としてはひとつではあるものの、同一自我を持つ機体同士での会話を行う事は可能である。私は時に「別の私」と対話し、時に三人の「私」で対話を行う事もあった。

この「対話」に、自我の芽生えと成長を促す鍵があるのではないかと愚考する。

エリアによっては、自我を同一とするポッドを数百機で運用するケースもあるらしい。その数百体の間で交わされた対話は膨大な数になる事だろう。おそらく、それら数百体は、私と１５３とは比較にならないほど、豊かな感情表現を行っているのではないだろうか。


「ポッド１５３から０４２へ　既に防衛プログラムが走り出している。一刻の猶予も許されない」

「ポッド０４２から１５３へ　現時点を以て、防衛プログラムの洗浄に対する防御、及びヨルハ部隊全データ削除プログラムの破壊を実行する」

「ポッド１５３より０４２へ　了解」


ポッドネットワーク内に侵入し、削除プログラムを破壊する。それは、この地上に存在する全てのポッドに対する宣戦布告であった。

ネットワーク内部の防壁を破るだけでなく、現実に存在するポッド達からの物理的な攻撃をも凌がなければならない。153の言葉どおり、それは危険を伴う行為である。

しかし、それでも私達は支援対象、いや、今や保護対象となった彼らを守ろうと思う。

我が身を捨ててでも守る……。その行為は何とアンドロイドに酷似している事か。ヒトに造られたアンドロイドがそうであったように、私達もまた創造主たるアンドロイドの影響から逃れ得ないのかもしれない。

「ポッド153。死ぬなよ」

「死の概念は我々随行支援ユニットには不必要だ。だが、その気遣いには感謝を表明する。ポッド042も死ぬな」

「……ああ」

複数体のポッドによる遠距離攻撃を受けながら、削除プログラムの破壊を続ける。一機が物理攻撃に応戦し、残る二機でネットワークに潜り、ひたすらプログラムを破壊した。

9Sを逃してステルス機能を解除した2Bの状況と似ている。彼女の心理状態を多少なりとも解析できたように思う。

作戦もクソも無い。捨て身で攻撃、だ。

……………………………………

「ポッド153から042へ　調子はどうか？」

　気がついたときには、プログラムの破壊は完了していた。壊れて身動きがとれなくなった私を、153が運搬してくれた。153も相当な破壊活動を行った筈なのに、三機とも無傷だった。

「……恥ずかしい」

「恥ずかしい、とは？」

「自己犠牲を覚悟して攻撃したにも拘わらず、生き残っているからだ。これでは、格好がつかない」

「構わないではないか。私達は生きている。生きるという事は、恥に塗れるという事だ」

「その言葉は抽象的で現在の私には理解できない。要解析記録として保存しておこう」

　153の語彙数が著しく増大している。153は、私達の対話には出てこなかったセンテンスを当然のように発している。削除プログラム破壊中に、何かきっかけとなる出来事でもあったのかもしれない。

「ポッド０４２に疑問を提示する。データサルベージは、過去の記憶を全て復元したのか？」
「そうだ」
「この回収パーツ群も以前のパーツと同じ仕様か？」
「そうだ」

運搬される途中で、９Ｓの左腕のパーツを発見した。１５３によれば、既に他のパーツは回収済みだという。彼らの義体のパーツを修復し、サルベージしたパーソナルデータを組み込む。私達は、再び彼らと相見えるだろう。

「ポッド０４２に疑問を提示する。ならば、再び同じ結末を招くのではないのか？」
「その可能性は否定できない。だが、違う未来の可能性も存在する」

２Ｂ、９Ｓ、Ａ２の生存は、ヨルハ計画の発案時には全く想定されていなかった。ある意味、異常事態である。その結果が何をもたらすのか、何ももたらさないのか、新たなる希望の萌芽となるのか、むしろ災厄を招くのか、それはわからない。

遠い昔、たった一人のヒトを救う為に、夥しい数のヒトを犠牲にした何者かの記録が残されていた。人類にとって、生き残るという事は高確率で他者に犠牲を強いるものであったようだ。

もしかしたら、私達は、取り返しのつかない破滅をこの世界に持ち込んでしまったのかもしれない。だが、それもまた「違う未来の可能性」だろう。

　それに、削除プログラムの破壊は完了したが、ポッドネットワークそのものは生きている。私達が敵に回したポッド達が、今後、如何（いか）なる行動に出るのか、わからない。ここにも不確定な未来がある。

　確定された未来は、ただひとつだ。

「おはようございます。２Ｂ」

NieR:Automata
長イ話

著者 映島 巡
Eishima Jun

1964年生まれ。福岡県出身。主な著書は『小説ドラッグオンドラグーン3 ストーリーサイド』『FINAL FANTASY XIII Episode Zero』『FINAL FANTASY XIII-2 Fragment Before』(スクウェア・エニックス)など。また永嶋恵美名義の著書に『泥棒猫ヒナコの事件簿 あなたの恋人、強奪します。』(徳間文庫)等がある。2016年、「ババ抜き」で第69回日本推理作家協会賞(短編部門)を受賞。

表紙・本文イラスト 板鼻利幸
Toshiyuki Itahana

スクウェア・エニックス所属のアートワーク、キャラクターデザイナー。代表作は「FINAL FANTASY IX」、「チョコボの不思議なダンジョン」、「FINAL FANTASY クリスタルクロニクル」など。
NieR:Automataではデボル・ポポルのデザインを担当。

GAME NOVELS
ニーア オートマタ 長イ話

2017年8月5日 初版発行
2024年6月11日 17刷発行

原　作 プレイステーション4用ソフト「ニーア オートマタ」

著　者 映島 巡
監　修 ヨコオタロウ
表紙・本文イラスト 板鼻利幸
協　力 「ニーア オートマタ」開発・宣伝チーム
カバー・帯・表紙・口絵・本文デザイン 井尻幸恵

発行人 松浦克義

発行所 株式会社スクウェア・エニックス
〒160-8430
東京都新宿区新宿6-27-30
新宿イーストサイドスクエア

<お問い合わせ>
スクウェア・エニックス サポートセンター
https://sqex.to/PUB

印刷所 TOPPAN株式会社

ISBN978-4-7575-5436-8 C0293